溺愛アルファは運命の花嫁に夢中

Kaori Shu
秀香穂里

CHARADE BUNKO

Illustration

れの子

CONTENTS

序章

風薫る五月。初夏のまぶしい朝陽が照らす中、真名海里はタペストリーを持って外に出る。モーニングメニューが書かれたそれは目立ちやすいようにオレンジ色の生地に黒の書体で店名が書かれていた。

朝七時、開店を待っていた常連客たちが続々と入ってくる。八割は男性で、出勤前のサラリーマンだったり、朝のコーヒーを楽しむ定年退職者らしき者だったりさまざまだ。

開店から一時間ほどはてんてこ舞いだ。海里をはじめ、スタッフは四人いて、カウンターを隔てた厨房で忙しなくパンをトースターに入れたり、レタスを刻んだりしていた。

陽に透かすとまばゆく輝く薄茶の海里の髪は地毛だ。襟足はすっきりとしており、コーヒーショップの制服である水色のシャツに映える肌はなめらかで、きりっとした黒目がちの瞳と通った鼻筋、形のいいくちびると相まって人目を引くのだけれども、海里はおのれの容姿にべつだん損も得も感じたことはない。二十二年間見てきた顔だ。いまさらうっとりするわけがない。

「海里くん、レジ打ち入ってくれる?」

女性先輩スタッフに言われ、「はい」と即座に返事して足早にカウンター内に入った。レジを打つ横で他のスタッフが早くも次の客の注文を受け、コーヒーやアイスティーの準備をしていく。店内で食べる者、テイクアウトする者とさまざまなので、もたもたしていられない。

ふっと目の前に影が落ちた。ちらりと視線を上げるとずいぶん身長の高い男だ。

下町のコーヒーショップなのにぴしりと紺のスリーピースで固め、黒く艶のある髪も綺麗に撫でつけている。その目元が鋭かったら内心警戒していただろうが、彼は興味深そうに店内をきょろきょろと見渡し、ついで海里の顔に目を止め、はっと息を呑んだ。

「……え、っと」

男は海里から視線を外さないまま、くちびるを舌で湿らせる。カウンターの中にいる海里よりも頭ひとつ高い。その視線の熱っぽさにどきりとなるが、整った容姿をしているせいでこうしたことはめずらしくない。

「――紅茶は、あるかな?」

ようよう声を絞り出した男に、「ホットとアイス、どちらになさいますか」と淡々と返す。

「アールグレイのアイスティーをお願いしたいのだが」

品のある低い声に、海里は顔を顰める。

ここで出すアイスティーとは、業務用パックに入った普通の紅茶だ。種類をあえて言うならばダージリンだろうか。

「アールグレイはございません。ダージリン……のアイスティーになりますが」

「ディンブラは？」

「ございません」

「では、アップルティーは」

「それもございません」

だんだんと苛立ってくる。彼のうしろにはずらりと列ができていて、皆まだかと顔を顰めていた。ここは「ホット」「アイス」「アイスティー」「ラテホット」という注文で通る店なのだ。

ちいさくため息をつき、海里はすこし首を傾げる。

「お客様、紅茶の種類はございません。アイスティーはアイスティー一択です」

「一択……」

茫然とした男だが、うしろに控えている客たちのじっとりした視線に気づいたのだろう。慌てて財布をジャケットの内側から取り出し、「では、そのアイスティーを」と言う。

「サイズに、ショートとミディアムとラージがありますが」

「……ミディアムで」

「ミルクやレモンはどうなさいますか」

「ストレートで構わない」

「二百三十円です」

「そんなに安いのか」

男はまたも愕然としている。どこぞのボンボンなのか。

「一万円は……迷惑だろうな。クレジットカードは使えるだろうか」

「使えます。テイクアウトと店内、どちらになさいますか」

「店内で」

小銭を出す手間もクレジットカードを通す手間も似たようなものだが、澄ました顔を貫いて男からカードを受け取り、ぎょっとした。ブラックカードの上を行くチタンカードだ。以前、ネットの動画で見たことがあるが、現物を手にするのは初めてだ。

限度額は庶民の海里にとって天井知らずだろう。そんなカードを使って二百三十円のアイスティーを決済し、カードと控えを彼に渡す。

ふいに互いの指先が触れて、ちりっと痺れのようなものが走り抜けた。驚いて彼の顔を見ると、相手も目を瞠っている。

いまのはなんだったのだろう。互いの間で火花が散ったような気がしたが、もちろんまぼろしだろう。だけど、彼の指からは確かに熱いものがなだれ込み、一瞬にして海里のこころを鷲摑みにする。

絶対、気のせいだ。季節外れの静電気とか。

男の指が絡みつくような素振りを見せる。その目は海里に釘づけのままだ。

――吸い込まれる。

澄んだ漆黒の瞳に取り込まれそうで、うなじがぞくりとした。ついで、かっかっと頬が火照り出す。

――ヒートはまだ先だ。いまじゃない。

気取られないように慌てて手を引き、スタッフが用意してくれたアイスティーを差し出す。

「ありがとうございました」

男はまだ立ち去らず、海里の胸のあたりにさっと目を走らせる。そこに「真名」と書かれたネームプレートを見つけ、「真名くんか、ありがとう」と微笑んだ。

やさしい笑みに思わず目を奪われ、「い、いえ」と自然と声もちいさくなる。間を置かずに押し寄せてくる客に冷静に対応するのが日常なのに、不覚にも胸の高鳴りを感じる。

「おい、もう注文いいだろ？」

次の客が痺れを切らし、コインをトレーに置く。

「ああ、すみません。ではこれで」

男は一礼して、またあたりを見回し、空いている席に腰掛けた。

「ホットひとつ」

「ありがとうございます。二百円です」

常連客の注文を流れるようにさばいていき、ようやくひと息ついたころ、店内を眺めるとあの男がまだいた。ミディアムサイズのアイスティーをゆっくり飲み、興味深そうに店内を見渡していた。グラスに残っているのはもう三分の一ほど。

このコーヒーショップには喫煙ブースも用意されているが、彼はそちらには興味がないようだ。いまのご時世、愛煙家はどこに行っても煙たがられる。以前はこの店も喫煙席と普通席がガラス戸で仕切られていたのだが、世情に合わせて三人のみが入れる喫煙ブースを設けた。そこでは飲食は不可、煙草（たばこ）を吸いたい者だけが出たり入ったりしている。街中で吸うのも禁じられているから、スモーカーは朝からこの店でゆったりと一服していくのだ。

海里は吸わないが、先ほどの男なら煙草を吸う仕草も似合うだろうなと思わせられる。紫煙（しえん）をくゆらせ、時折煙草を口に咥（くわ）える仕草を脳裏に思い浮かべ、すぐさま頭を横に振る。

こんな妄想、なんの役にも立たない。さっきすこし指先が触れただけでなにかをこころに残していったなんて、ただの思い過ごしだ。

海里はこの店で一日八時間働く。その間、どれだけのひとと触れ合うのか。いちいち記憶していたらパンクする。毎日顔を見せる常連はさすがに覚えているけれども、ふらりとたまにやってくる客までは覚えていない。

――でも、彼はちょっと違う。

客の注文に応じながら、男の様子をちらちら窺（うかが）った。

彼はスマートフォンに目を落としつつも、急いでいるわけではなさそうだ。

朝の早い時間に、下町のコーヒーショップで紅茶の銘柄を詳しく訊ねてくる浮世離れした男はいったいどういう暮らしをしているのだろう。

仕立てのいいスーツを見れば、富裕層に属しているのはわかる。

たぶん――いいや、間違いなく、アルファだろう。

それにしては、高慢そうなところは欠片もないし、逆に親しみやすささえ感じる。海里と話していたときだってその表情はごく自然だった。

海里の知るアルファとは、この世界を手中に収めたと言わんばかりの居丈高な王者たちだ。国を、政治を、スポーツ界を、芸能界を仕切るトップに位置しているのはアルファばかりだ。優れたベータも混ざっているが、容姿才能が飛び抜けたアルファを超えることはできない。選ばれたひとと言うべきアルファには、だからこそ傲然とした態度を持つ者もすくなくない。他者はアルファに傅くのが当然というような。

男もどこかの企業のトップではないだろうか。でも、そうだったらこんなちいさなコーヒーショップに立ち寄るだろうか。

「海里くん、レジ係替わるよ。店内清掃お願いしてもいい？」

「わかりました」

スタッフに耳打ちされて、クロスを手にカウンターを出る。長尻をする客もいるが、こういう店では多くの客が短時間で出たり入ったりする。各テーブルをこまめに清めておくのも店員として大事な仕事だ。

奥のテーブルから綺麗に拭いていき、男の近くを通りすがったときだった。

「先ほどは、ありがとう」

男がほぼ飲み干したグラスを掲げて微笑む。

「とても美味しいアイスティーだった」

「どういたしまして」

業務用パックのアイスティーなのだが、一応頭を下げる。専門店とは違って、とくに香りがよいとか深みのある味わいとかではないのだが、「まずい」と言われるよりはいい。

「真名くんはここで長く働いているのだろうか」

「ええ、まあそれなりに」

「普段の勤務時間帯は？　朝来ればいつも会えるか？」

笑顔で訊いてくる彼にどう答えようか一瞬迷ったが、週五日で入っているバイトなのだし、きちんと話したほうがいい。

「朝はたいてい入っています。シフトによりますが」

「こういう仕事だと土日はなかなか休めないだろう」

「そうですね、土曜は結構朝から混みますし」

「休みも流動的なのかな？」

「それも毎月のシフトによります。一応、火曜と木曜は休みます」

「なるほど、ありがとう。とても参考になった」

なにが参考になったのだろう。一介のアルバイトのシフトなんて覚えてどうするのだ。いまのところここでは店長を含め計八名のスタッフで回している。

海里の場合、毎週火曜と木曜に休むことにしているものの、子どもがいるシングルファザーのスタッフ、吉川に代わって出勤することもあるから、けっして固定の休日というわけではない。休みの日の午後、急に店長から電話がかかってきて、「吉川くんのお子さん、熱が出ちゃってね。保育所に迎えに行かなきゃいけないそうなんだ。代わりに海里くん、これから頼めるかな」と持ちかけられることもある。そういう場合、独り者の海里は快く引き受け、職場に駆けつける。

地元にも同じチェーン店があるけれど、顔見知りにしょっちゅう会う職場だとなにかとやりづらい。毎日働いていると、こっちは大勢を相手にしていても、客の中にはスタッフの顔をひとりひとりしっかり覚えているひともいる。同じスーパーやコンビニ、病院を使う距離間で客の目を気にするのは大変だから、海里は隣駅のチェーン店に勤めていた。

一駅離れるだけで、生活範囲はまったく異なる。ひとびとの顔ぶれも、店も。

東京の下町であるこのあたりは商店やスーパーも多く、住みやすい。のどかで、ひとも朗らかで、昔ながらの江戸っ子気質を持った老人たちが午後の時間にお茶をしに来ては楽しげに話に花を咲かせている。

たまに、「昔みたいに気軽にどこでも煙草が吸えたらねえ」と言われて苦笑することもあるけれど、とくにトラブルもなく、スタッフとの信頼関係も築けていていい職場だと思う。

高校生のころからずっと働いてきた店だ。これからも大切にしたい場所で、初めて出会った男は思いがけないことを口にした。

「真名くんはいくつかな？」

「は？」

一見の客に年齢を訊ねられたのは初めてだ。

そもそも、初めて訪れた店の従業員の年齢を知ってどうするのだろう。

「このへんに住んでいるんだろうか。それとも遠くから通っているのかな？」

男の声は楽しそうで、悪意は感じられない。知りたいことを知るためにさほど苦労しない、恵まれた暮らしを送っているのだろう。

彼自身に罪はないけれど、これだからアルファはと内心で鼻を鳴らす思いだ。

それが顔に出ていたのか。彼がにこりと笑い、「これはすまない」とジャケットの内ポケットに手を入れる。

それから立ち上がり一礼し、上等なカーフでできた名刺入れから一枚の紙片を差し出してきた。

「初めまして、鹿川吉城と申します。年齢は三十五歳、住まいは港区。今日ここに立ち寄ったのはつき合いのある業者さんに挨拶をするためなんだ。慣れない町だから、早めに着いておこうと思って。そうしたら時間が余りすぎたので、この店に寄ってみたんだ」

初めてだ。

常連客にいろいろと訊かれたことは過去何度かあるが、名刺までもらったのはさすがに初めてだ。

そこには海里でも知っている大手商社の社名と取締役という肩書き、そして赤坂のオフィスのアドレスが記されていた。ついでに鹿川直通の電話番号も。

名刺をもらい、頭を下げる。

「……初めまして。真名海里です。年齢は、二十二です」

たいていのことでは動じないと自負している海里でも、これには目を丸くしてしまった。

彼ほどの男が自分のような者になぜ頭を下げて名刺などくれるのだろう？

ただの通りすがりの客だろうに。

「急なお誘いで不審に思うかもしれないが、今夜、食事でも一緒にどうだろう」

「……食事？　あなたと僕が？　なんでですか。僕はこの店のただのスタッフですよ」

「きみからはただならぬ力を感じる。ここはひとが多いから、ふたりきりになれる場所で確かめたいんだ。もちろん、最高の食事にしたい。フレンチがいいだろうか、それともイタリアン？　会席料理でも構わない」

「あの」

「きみは和食が好きそうな顔をしている。創作料理で美味しい店を知っているから、そこはどうだろう。車で迎えに来るよ。きみの仕事は何時ごろ終わるんだろう」

「……三時か、四時過ぎです。でもあの」

「わかった。では、四時半に迎えに来よう。ディナーはすこし早めに五時半ごろから、ゆっくりと。今日はありがとう。とても貴重な出会いだった」

男は空になったグラスを手にし、戸惑っている。こういうセルフサービスの店に慣れていない証拠だ。

ため息をついてグラスを受け取り、「迎えに来たって行くかどうかはまたべつの話です」と素っ気なく言う。

「お客様に誘われても丁重にお断りするのが規約なので」

「たまにはルール違反もいいだろう?」

彼が身をかがめてきて海里の耳元でそっと囁く。その低く甘みを帯びた声がじわりと身体に染み込み、耳たぶがちりちりと熱い。

「ちょっと……!」

「では、夕方に」

鹿川は優雅に笑って、店を出ていく。

なんなのだ、あの男はいったい。

「やだぁ、なんだかいい男だったわねぇ。ここらじゃ見かけない顔」

近くに座っていた常連の女性がにこにこし、「行ってきちゃいなさいよ、真名さん」と言う。彼女は十歳前後の娘、息子と一緒に毎日モーニングセットを食べに来てくれるのだ。

「お誘いを断るなんてもったいない。美味しい料理食べてきたら? 悪そうなひとには見えなかったし」

「はあ。でもですね、名刺をもらっただけで信用するのは危なすぎませんか」

「あら、これだけ毎日大勢の客を見てるあなただったら相手がどんな人物か一発で見抜けるんじゃない？　ほんと、悪い感じはしなかったし、たぶんあのひとアルファでしょう。ひょっとして真名さんの運命の番だったりして」

「ないです。そうだったらすぐにわかってます。今日もご来店ありがとうございます」

「もー、相変わらずなんだから」

女性は可笑しそうに笑っている。

名刺をエプロンのポケットにしまい、ロッカールームに戻る海里はまた深い息を吐いていた。

今日、ほんとうに迎えに来られたらどうしよう。

第一章

この世界は男女の他に第二性があり、アルファ、ベータ、オメガという三層に分かれていた。

世界の重要な鍵を握るのはアルファ。数がすくなく、容姿才能ともにずば抜けて優れており、政財界のトップを占めていた。体力にも恵まれているので、スポーツ界のスターはやはりアルファだし、芸術家や芸能界でも頭角を現すのはかならずアルファだった。彼らは独自のコミュニティを作り、アルファ同士の結束を固めることに心血を注いでいる。

次に位置するのがベータだ。数としては一番多く、気質は穏やかで平凡な暮らしを営む(いとな)者が多い。裕福なベータ、一般的なベータと多少差はあれど、極端な気質を持つアルファとオメガの真ん中にいるせいか、争いを好まず、協調性に優れている。これは社会において非常に重要なファクターで、優秀ではあるものの傲慢(ごうまん)になりやすいアルファにはかならず辛抱強く気の利くベータがそばについていた。政界の秘書はたいていベータだ。個性が強く我儘(わがまま)になりがちな芸能人のマネージャーも、そう。

そして、とりわけ数がすくないのがオメガだ。男女区別なく妊娠、出産ができるという特異な身体で、三か月ごとにヒートと呼ばれる発情期が訪れ、誰をも惑わすフェロモンを発する。その甘く蠱惑的な香りを嗅いだ者は平常心を欠き、ただただセックスのことしか頭に浮かばなくなる。光り輝くアルファと違い、オメガはひっそりと路地裏で咲く花のような慎ましやかな美しさを持っていた。

それがいったんヒートに見舞われると瞳は濡れて潤み、声にまで欲情を滲ませるから、昔から犯罪や事件にしょっちゅう巻き込まれていた。攫われて性の玩具にされることもあれば、売り飛ばされて金持ちに買われるオメガもいる。

しかし、海里が生まれるすこし前に世情が大きく変わり、オメガの人権を守るべく組織が発足し、いまではオメガの不思議な体質を考慮した保護法が施行され、医療組織や保護委員会、施設なども各地に用意されるまでに至った。

オメガを巡る悲惨な事件に胸を痛めたアルファとベータにより制定された保護法は何度かの改正を経て、いまでは、オメガもなんの心配もなく、普通に街を歩ける。フェロモンを抑えるために軽い電磁波の流れる首輪を嵌めることを強いられ、誰から見てもオメガだと一発で見抜かれてしまう時代はもう終わったのだ。

それでも、この国では男女ともに十歳を迎えればいっせいに血液検査が行われ、そのうえでアルファ、ベータ、オメガのどの血を持つか判断される。アルファやベータはさておき、男でも妊娠できる身体のオメガは自身に起こりうるさまざまな状況について学ぶため、一定期間、専門施設で過ごすことが義務づけられていた。

三か月ごとに発情し、それが一週間ほど続くこと。パートナーがいる大人のオメガはたっぷりと性生活に耽(ふけ)ればよいのだが、十歳になったばかりの子どもたちはそうもいかない。抑制剤を飲むことでフェロモンをコントロールし、念のため、家でおとなしく過ごすことを学ぶのだ。

オメガにとって最大の弱点はうなじにあった。そこを、アルファに噛まれれば運命の番として契約を果たし、もう他の者には欲情しなくなる。番だけにフェロモンを発し、安定した性生活を送れるのだが、話はそこで終わらない。死ぬまで契約が続くのはオメガ側だけで、アルファは気が削(そ)がれれば一方的に契約を解除し、他のオメガのうなじを噛んで新たな番を得ることができる。

捨てられたオメガの末路は悲惨だ。失ったパートナーだけを想い、ひとり発情を繰り返し、寂しく死んでゆく。

そういった厳しいことわりも施設で学ぶので、どのオメガもうなじを無防備に晒(さら)すことはなかった。誰かと肌を重ねることはあっても、うなじだけは噛まれまいとこころに固く決めるオメガもいる。海里もそうだ。

二十二歳ながら未体験で、誰の痕(あと)もついていない身体だが、迂闊(うかつ)に触れられれば妊娠してしまう危険があるのだ。ひととの接触については慎重にならざるを得ない。むしろ、このまま一生ひとりでもいいと思っている。発情期の一週間は家に閉じこもってなんとか自分で処理をすれば、また普通に社会に戻れるのだ。寂しさを埋めるためにアルファにうなじを噛まれ、つかの間の蜜月を過ごしたとしても、いつ捨てられるかという不安を生涯持つなら、最初からひとりでいい。

そもそも、海里は物心がついたころからひとりだった。

両親は最初からいなかった。『生後間もないあなたが籠（かご）に入れられてこの玄関前にいたのよ』と教えてくれたのは養護施設のスタッフだ。小学校に上がるころには分別がついていて、身よりのない子どもたちとずっと暮らしてきた自分には家族がないものなのだとわかっていたので、スタッフの話を聞いても大きなショックを受けることはなかった。施設職員は皆やさしく明るく、血が繋がっていなくてもここが唯一帰る家なのだと思わせてくれた。

とはいえ、十八歳になって独り立ちしたときはさすがに心許（こころもと）なかった。ひとりの顔ぶれも変わらず、十八年間世話になった施設を離れ、奨学金とオメガ保護法により支援金を受けて大学へと進み、将来、自分と同じような境遇の子どもを救うための道を模索した。

オメガの子どもを含む養護施設の正規スタッフになるには国家資格が必要となる。これがかなり難関で、一度で受かることはまず不可能と言われていた。

海里もそうで、昨年チャレンジしたのだが、残念ながら不合格だった。大学は無事卒業できたので、いまはコーヒーショップでのバイトを続けながら次の試験に備えている。

希望さえあれば、独り身でも寂しくない。いまのところ発情期はうまく抑えられているし、バイト先は気のいいベータとオメガで構成されているのでなんの問題もない。

たまに、客としてアルファが訪れることもあったが、不要な接触は避けるように努めていた。

神に選ばれし彼らにも弱点があるのだ。

オメガの放つフェロモンにどうしても抗えないのがアルファだ。ベータはまだ抑制が利くものの、アルファだけはオメガに引きずられてしまう。運悪く抑制剤を飲んでいないオメガのフェロモンをもろに浴びたアルファはその場で相手を押し倒してしまう獣に成り果てる。地位も名誉もかなぐり捨てて。

年に一度、二度、こうした事件が報道されることがあった。

転落していくアルファ、そう呼ばれるひとがいることを海里も知っている。彼らは罪を犯してしまった以上二度と元には戻れず、家族とも切り離されて特殊施設に終生隔離されるのだ。これを、アルファ犯罪と呼んでいた。彼らは彼らで無防備なオメガのフェロモンを浴びないよう、特殊な抑制剤を飲む。

互いに致命的な事態になりかねないのだから、迂闊な接触は断つに限る。そこをうまく取り持ってくれるのがベータだ。オメガの強いフェロモンもベータにはさほど効かないので、救われる。

海里の次の発情期まで一か月半ほどあった。ヒートの間はバイトを休んでいいことになっているから、ひとりで部屋にこもることにしている。

鹿川に誘われたこの日、海里は約束を頭の隅に追いやって仕事をこなしていたため、夕刻になって店の前に粋な車が停まったときには正直驚いてしまった。

シルバーのスポーツカーを運転していたのは、鹿川だ。取締役という肩書きを持つようなひとは、運転手を雇っているものと勝手に思っていたが、鹿川は車好きのようだ。スタイリッシュで、ボンネットからトップにかけての流線型が美しい。

身支度を整えて家に帰ろうとしていた海里に、「真名くん」と声がかかった。

道の端に停めた右ハンドルの車の窓から鹿川が顔をのぞかせている。

「約束を覚えていてくれたかな？　食事に行こうと思って迎えに来たんだが」

「あ、あれ……本気だったんですか」

朝方の慌ただしい時間のやりとりを思い出し、艶々の車と鹿川を交互に見つめる。アルファは後部座席にふんぞり返っているものだと思っていたが、その考えもいい意味で裏切られた。

「格好いい車ですね」

「だろう。この間買ったばかりなんだ。まだ助手席には誰も乗せたことがない。きみが最初の同乗者になってくれないか？」

ついでに美味しい夕食を食べようとスマートに誘われれば、断る理由は見つからない。

これから家に帰ってもあまり物で夕飯を作るだけだ。

アルファと接触するのは危ないかなという考えが一瞬頭をよぎったが、いまのところ身体は落ち着いている。こころも。突発の事態に備えて効き目の強い抑制剤も携帯しているし、危険な状況になることはまずないだろう。

それに、鹿川はアルファらしくないところがあった。明るく開放的で、話しやすい。こっちが黙っていても気を悪くせず、お喋り（しゃべ）りを楽しむ性格のようだ。

一度ぐらい、食事をしても構わないだろう。

「……今日だけですよ。お客さんと個人的に親しくなるのはルール違反なので」

「かたじけない。お店には内緒にするよ。さ、どうぞ」

助手席をうながされたので車のうしろを回ってドアを開き、すべり込む。しっかりとシートベルトを締め、それから車内をきょろきょろと見回す。

スポーツカーなんて初めて乗った。そもそも、運転免許を取っていないのだ。身分証明書としては最強だと思うが、海里はオメガなので、専用の保険証を常時携帯しているので必要ない。思わぬヒートに見舞われたときのために、いつでも病院に駆け込めるようにしているのだ。

鹿川の運転の技術は確かなものだった。法定速度を守り、都心に向かっていく。

「お腹は空（す）いてるかな、真名くん」

「それなりに。今日は忙しくて昼食も簡単にすませてしまったので」

いつも、手作りのサンドイッチを持っていっている。具材は簡単で、ハムと潰したたまご、レタスだ。六枚切りのパンに挟んでふたつに切ったものをラップにくるみ、休憩時にパッと食べられるようにしている。

そう言うと、鹿川はすこし可笑しそうな顔をして、「きみぐらいの若さだったらそれじゃすぐお腹が空くだろう」と笑う。

「いきなり誘ってしまった詫びとして、今夜はたっぷり食べてくれ」

「いいんですか？　というか、こんな早い時間に大丈夫なんですか。鹿川……さん、取締役ですよね」

「父の右腕を務めているんだが、今日は早めに仕事を終えてきたんだ。なんたってきみに会えたんだから」

「はあ」

気のない返事をして、車窓を流れる景色を眺める。五月の夕暮れはまだまだ明るく、すこし開けた窓からは心地いい風が入ってくる。

麻布十番まで来た車はコインパーキングに駐め、そこからふたりで店まで三分ほど歩いた。

ビルの地下にその店はあった。ダークブラウンのシックな階段を下りていくと、『凜』と書かれた看板が壁にかかっている。

「ようこそおいでくださいました鹿川様。お席にご案内いたします」

「こんばんは」

なじみ客らしい、鹿川が笑顔で挨拶し、海里をエスコートしてくれる。今日は開店したばかりなのだろう、客は自分たちだけだ。シックな黒を基調とした店内のところどころに清楚なストックやマーガレットといった白い花々が生けられているのがアクセントになっている。フリーターという身分では絶対に来られないような高級店だ。

一方的に誘われたのだから遠慮なく食べてやろうと意気込む。気の強さは自分の数すくない長所だ。三か月ごとの発情期という弱点を抱えているオメガなのだから、生意気だと思われるぐらいのプライドを持っていないとやっていけない。

一番奥まった個室に案内されて向かい合わせに座り、まずはスパークリングワインで乾杯することにした。鹿川は炭酸水だ。

「今日はありがとう。来てくれて嬉しいよ」

「いいえ」

表情を崩さずにグラスを触れ合わせ、ワインをひと口。爽やかに弾けるアルコールが一日立ち働いた身体に染み渡っていく。

「ここはフレンチの創作会席なんだ。どれも旨い」

先付として運ばれてきたのは、姫竹と牛肉の八幡巻き。やわらかでよい香りの姫竹と甘い味付けの牛肉がよく合う。ほろりと口の中で蕩けるそれを咀嚼し、「……美味しい」と呟く。これならいくらでも食べられそうだ。カリフラワーと鮭の西京焼きも香ばしくて箸が止まらない。

「あの店に勤めて長いのかな？」

「ええ、まあ。高校時代からバイトしているので……もう七年目ですかね」

「頼れる先輩だな。働いている最中のきみを見ていたが、率先してテーブルを拭いたり、客の相手をしていた。あまり笑わないのはどうしてなんだろう？」

「べつに理由はないです。仕事ですから」

素っ気ない返事に気を悪くすることなく、鹿川はくっくっと喉奥で笑い、ウーロン茶に切り替えている。酒に強い海里は勧められるままクリーミィな泡が美味しいビールを口にする。

「あなたこそ、ああいうふうに店員に声をかけるのには慣れてるんですか」

「とんでもない。今日が初めてだ」

「それにしてはなんだかやけに手慣れていた気がしましたけど」

「誤解だよ。……海里くんと目が合ったとき、心臓が止まるかと思った。こんなに美しいひとと出会ったことはなかった」

不意に名前を呼ばれたことに動揺していると、彼もはっとしたように箸を止め、「名前で呼んでいいだろうか」と訊いてきた。

「だめではないですけど、出会ったばかりですよね」

ひとまず、念を押す。

「ああ、でも俺ときみは離れがたい運命にあるように思う。それは海里くんも感じているんじゃないだろうか」

大仰な言葉に、メインである焼き物の黒毛和牛を口に運ぶ手がつかの間止まる。熱く焼いた溶岩石の上でじゅうじゅうといい音を立てている肉はまさしく食べごろだ。

「運命なんて、大げさじゃありませんか」

自分でも可愛げのない性格をしていると思う。それも致し方ない。幼いころからむやみやたらと他人に寄りかかってはいけないとおのれを律してきたのだ。施設のスタッフはほんとうにやさしかったけれども、彼らにだって家族がある。帰っていく家がある。どんなにこころを寄せてても、スタッフとほんとうの家族にはなれない。そのことを痛感していただけに、自分がもし将来施設職員になれるとしたら、ひとりひとりのこころに寄り添う指導をしていきたいと思っている。

箸を置き、鹿川は手を伸ばしてきてグラスを摑む海里の手に触れる。

びくりと反応し、一瞬払いのけそうになったが、寸前できゅっと指先を強く握られ、引っ込めることもできない。

「鹿川さん」

「俺の勘違いではない。きみと俺は運命の番だ」

「あなた、なにを言って――番?」

その言葉がなにを指しているかわからないというわけじゃない。

アルファとオメガが目と目を合わせたとき、揺るぎない運命を感じることがある。魂が揺さぶられ、理性ではどうにもならないこころの深い部分で求め、全細胞で欲しがるのが運命の番だ。無理やりうなじを噛まれるという物理的なやり方で番になるというならまだわかるが、ひと目惚れにも等しい出会い方を海里は信じていなかった。

それどころか、鼻で笑っていたぐらいだ。そんなの、漫画や映画の中にしかないと。

「今日、店で互いに指が触れ合っただろう。あのとき、なんというか……なんとも言えない衝撃が俺を襲った。全身がざわめいて、一瞬できみの虜になった。その切れ長の目元を見ているとおかしくなりそうだ。恋人はいるんだろうか」

「……いません。いまのところは」

彼に見つめられすぎて喉がつかえる。

いまのところは、なんて思わず強がってしまった。

二十二年、一度も恋人なんて作ったことがないくせに。

特異体質だから、軽々しく誰かとつき合って身体を明け渡そうとは思わなかったのだ。

純潔を守ると言えば古めかしいが、一生童貞でもいい。べつにそれで困ることはないし、発情期だって薬でコントロールできる。

今日顔を合わせたばかりの男にそこまで明かすことはないと平静を装い、肉を口に運ぶ。

美味しいはずなのに、味がしない。眉をひそめながら塊を飲み込み、ビールで流し込んだ。

運命の番。

その言葉が頭の中を飛び交っている。まるで銃弾のように。

なんとか堪えて顔には出さずにいたけれども、心中は穏やかではない。

今朝、勤め先のコーヒーショップを訪れたこの男は、自分の番だと言う。そこに傲慢さがすこしでも滲んでいたらそもそも食事の誘いなど受けなかったが、鹿川は終始穏やかで、紳士的だ。それが海里を困らせる。

なにばかなこと言ってるんですか。

つっけんどんに言ってもいいのに、なぜかそうできない。じっとひたむきに見つめられ、じわじわと耳たぶが火照り出す。自分としたことが視線ひとつで焦り(あせ)を感じるなんてどうかしている。この身を守るためにも、もっと毅然(きぜん)とした態度を取らねば。

水菓子は新鮮ないちごを添えたあんみつだ。

普段あまり甘いものは食べないのだが、これは美味しかった。気もそぞろにメインディッシュを食べ終えたから、デザートはひと口ひと口嚙み締める。甘酸っぱいいちごの果汁がじゅわっと口の中で広がり、コーヒーとよく合う。

「……美味しいコーヒーです。僕のバイト先とはぜんぜん違いますね」

「そうかな？　あれはあれで美味しかったよ。なんたって安くて気軽に飲める。さっと出てくるのもいい。うちの近くにあったら毎朝飲みたいぐらいだ」

「ただのチェーン店です。褒めすぎですよ」

「いや、ほんとうに美味しかったんだ。海里くんが対応してくれたからかな」

そこに欺瞞(ぎまん)は感じられない。下手な媚(こ)びもない。ただ思ったことを口にしているだけという感じがするから、余計に居心地が悪くてもぞもぞしてしまう。

「そんなにおだててどうしようと言うんですか」

「きみさえよければ――いや、かなり強引なお願いになるが、俺の番になってくれないだろうか。三十五年生きてきてこんなにも惹かれたひとはいない」

「そんなの……一瞬の思い込みじゃありませんか？」

真摯さに息を呑む。

鹿川が出任せを言っているようには思えなかった。だとすると、相当厄介だ。

自分とてそう悪い気はしないからいまここにいるのだが、番になってくれと言われて、はいと頷くわけにもいかない。オメガにとって番とは一生を左右する関係性だ。

「鹿川さんはアルファですよね」

「ああ、そうだ」

「だったらわかると思いますが、あなたには選べる余地があるんです。対して僕にはない。もしここで僕が番になることを承諾したとしましょう。たとえば無理やりうなじを噛まれるとか。それで番になってしまったら、生涯僕はあなたと添い遂げることになります。でも、あなたは違う。もしも僕に飽きたら、勝手に契約を解除できる。そして誰か他のオメガを探すこともできる。――僕はそうじゃありません。一生あなたの余韻を引きずって、ひとりで発情し続けることになります。そういうことを考えたうえで番になりたいとおっしゃってるんですか」

濃いコーヒーの力を借りてひと息に言い切った。

あからさまな言葉を口にすることになったが、後悔はしていない。オメガとアルファの間では発情期やフェロモンのことを抜きにして語れないのだ。

どう出るか。

重たいと投げ出すか。

同じオメガでも、番にならないまでもセックスフレンドのような関係性を持つ者がいることは聞いて知っていた。そもそも、アルファとオメガは身体の相性がいいのだ。番うという最終手段を選ばなくても、その一歩手前で充分に快楽が得られる。避妊さえ気をつければ、普通の恋人同士のようにも振る舞えるのだ。

むしろ、そういった関係になりたいと言われるほうがまだ理解できる。

きみにひと目惚れしたからつき合いたいと。

しかし、鹿川は視線を外さずに「そうだ」と低い声で言う。

「すべての責任を考えたうえで、きみと番になりたい」

「ただのセックスフレンドでも構わないのでは？」

「それでは収まらない。きみが俺のものだという証をつけたいんだ」

怯まない声に、今度は海里が次の言葉に迷う。

強引だと椅子を蹴って立ち上がり、「二度と店に来ないでください」と言うことはできる。いますぐそうしろと理性が囁いている。

温和そうに見えても、鹿川の本性は狼そのものだ。獲物を目の前にして牙を光らせている獣じゃないかと冷ややかに嗤い、ありったけの金を置いてここを出ていけばいい。勤め先は知られているけれど、それ以上のプライベートにはまだ踏み込まれていない。

こちらの逡巡を見抜いたのだろう。彼が再び手を伸ばし、ぎゅっと摑んできた。今度は逃すまいとするかのように、指先を深く絡めて。

途端にどっとそこからなだれ込んでくる熱の奔流に思わず歯を食い縛った。

先ほどとは比べものにならない。

これがアルファの欲情なのか。

王者たる者の求愛はこれほどに強烈なのか。

いけないとわかっていても身体は勝手に呼応する。意思に反してびくんと指に力がこもり、彼に絡みついてしまう。

鹿川も離すまいと指を組み合わせながら、その視線は海里の感情がどんなふうに揺れ動いているか、気遣っているようだ。

「わかってもらえる……だろうか」

どくどくとこめかみが脈打っている。

こんなのは噓だ。身体だけが先走ってしまうなんて、なにかの冗談だ。

「……わかりません」

声が掠れるのがどれほど悔しいか、彼に通じるだろうか。圧倒的なアルファの力にねじ伏せられるのなんかごめん被りたいのに、いまこの瞬間、身体中を走る血という血は沸騰し、鹿川を欲している。

ヒートに似ている、と思ったときにはぐらりと身体が傾いでいた。酒に酔うよりもたちが悪い。震える手で冷たい水の入ったグラスを摑み、一気に呷る。けれどもそんなものでは沸き起こる劣情は抑え切れず、勝手にかちかちと歯が鳴ってしまう。

「大丈夫か？　ひどく汗をかいている」

「……あなたの、せいです。あなたが……触れたから」

ぐっと奥歯を嚙み締め、唸る。

こうしている間も息が苦しい。喉元までせり上がってくる熱の塊をどうにか逃したいのだけれど、反射的に深く飲み込んでしまって余計に手足の指先にまで燃えるような情欲が広がっていく。

頭がくらくらし、まともにものが考えられない。

急いで脇に置いていたデイパックからちいさなポーチを取り出し、緊急用の抑制剤を飲み込む。粉薬だからじっとしていれば数分で効き目が表れるはずだ。

「水を持ってこさせよう」

「だい、じょうぶ、ですって」

言ってるのにと続くはずの声が消えていき、海里は無意識に額に手をやる。冷たい汗がびっしりと浮かんでいて気持ちが悪い。いますぐ家に帰って熱いシャワーを浴び、ベッドにもぐり込みたい。

身体をふらつかせながら彼の手を引き剝がし、立ち上がろうとしたところでよろけて膝をついた。

「海里くん」

顔色を変えた鹿川がテーブルを回って肩を摑んでくる。それすらも強い刺激になるのが自分でも信じられなかった。いまにもはしたない声を上げてしまいそうなのが怖くて怖くて、迂闊に口を開けない。

やめてください。いますぐ手を離してくれ。

そう言いたいのに身体が言うことを聞かず、鹿川の手に抱き寄せられるままになってしまう。

すぐさま会計を終えた彼に抱えられるようにして店を出て、大通りまで出たところでタクシーが停まる。

「送っていこう。住所は？」

「……っ」

住まいを教えるのにはかすかな抵抗があって頭を横に振ると、鹿川は困惑した様子を見せたが、「では」と運転手に近くのシティホテルの名を告げる。

朦朧とした意識で、ホテル、と考える。

そこまで送ってくれればひと晩休み、なんとか乗り切れるだろう。

鹿川が連れていってくれたのはゆったりとした構えのシティホテルだ。フロントで手続きをする彼をぼんやり見つめる間、海里は近くのソファでぐったりとしていた。気を抜くと身体が横倒しになりそうだ。抑制剤がまだ効いてこない。軽い睡眠剤も入っているのだが、ちらりとも眠気が訪れなかった。

「さあ、待たせたな。行こう」

海里のデイパックを肩に背負い、反対の手を腰に回してくる鹿川に寄り添うしかなかった。くちびるがひどく乾いている。なにか言いたくても喉までひりついていた。

「ここだ」

エレベーターで数階上がったところで降り、引きずられるようにして部屋へと連れていかれた。廊下の奥まった部屋の扉を開ければ、しんと静まり返っている。さっきから耳鳴りが、がんがんしていたから、この静けさはありがたい。

「まずはベッドに寝なさい。水を飲むか?」

「……はい」

頷くのも億劫だ。ベッドに寝そべって、初めて気づく。ひとりで寝るにはだいぶ広いダブルベッドだ。だけど、これならどれだけ欲情にまみれて転がっても床に落ちることはないだろう。

いまはとにかく水を飲み、早く鹿川に出ていってほしい。

そう念じる海里のそばに鹿川が腰掛け、ペットボトルの蓋をきりきりと開けていく。

「ほら」

口元にペットボトルを近づけられるけれど、くちびるが痺れてうまく動かない。せめてストローがあればいいのに。

「は……」

思わず漏らした熱っぽい息に、鹿川が眉根をぎゅっと寄せる。

「……海里くん」

そのときの自分は、どんな目をしていただろう。助けを求める目か。それとも嫌悪する目か。もしかしたら、誘う目つきだったかもしれない。

潤む瞳で無意識に彼を舐め上げる。ぐっと息を呑んだ鹿川がまたペットボトルを寄せてくるが、くちびるが開かない。飲みたいのに。冷えた水で身体中を潤したいのに。

「……無理か」

うろうろと視線をさまよわせた鹿川は、「そうだ」と呟いてミニ冷蔵庫の上に置かれていたグラスを手にする。そこに水を移し替え、グラスの縁をくちびるに触れさせてきた。

「こぼしてもいいから、すこしでも飲みなさい」

「ん……」

頭のうしろに手を差し込まれ、重たい身体をなんとかすこし持ち上げる。グラスに歯がぶつかり、かちかちと鳴った。あふれた水がくちびるを濡らしていき、胸元まで伝い落ちていく。

澄んだ水をひと口飲んでほっと息をついたが、それでますます渇きに火が点いた。からからに渇いた身体に潤いが行き渡るには遠く、もっと飲みたいと気が急いてしまう。

首を伸ばしてグラスを求める勢いが強すぎて、グラスにがちっとまた歯がぶつかった。

飲み切れない水がTシャツを濡らし、じわりと染みを作っていく。

「大丈夫か」

「ん、――ん、もっと」

シャツが胸に貼り付くのも気にならない。とにかく水を飲みたいのだが、もうそのころにはくちびるがぶるぶる震え出してしまっていて、こぼすばかりだ。

「ん、ぅ……っ」

濡れた目で彼を見上げる。体内で暴れ狂う飢餓感をどうにかしてほしい。喉の渇きを癒やしてほしい。その言葉は声にならず、無意識に彼のジャケットにしがみついていた。

「くそ」

低く唸る鹿川に、もっととすがった。

もう、理性はほとんど飛んでいる。いま自分がなにをしているか海里はよく理解できていない。濡れたくちびるに染みの広がったTシャツがどれほど扇情的に鹿川に映っているか、冷静に判断できていたら彼を押しのけて飛び起きていただろう。

それができずにいるから海里はひどく混乱し、強くジャケットを握り締めるしかない。

噎せてもいいから水を飲ませてほしい。

「……飲み、たい、……です」

必死に言葉を紡ぐと、鹿川が深く息を吐き出す。そして呟く。

「すべて俺のせいにして構わない」

「なに……かがわ、さ……っ」

間近でグラスを呷った鹿川がひと息に覆い被さってきた。

くちびるが強くぶつかってきた。しっとりした感触の狭間から冷たい水が流し込まれて、パニックになりながらもこくんと喉を鳴らす。

最初は水を味わうだけで精一杯だったが、二度、三度と口移しをされていくうちに鹿川のくちびるがどれほど甘やかで熱いか、じんじん痺れるように伝わってくる。

もう、息が切れているのは喉の渇きのせいじゃない。苦しいぐらいの欲望が胸のあたりでふくれ上がって、いますぐに身体中を触ってほしいと請うてしまいそうになる。

そんな無様な真似はしたくない。他人同然の男に組み敷かれて、身も世もなく喘ぐ自分なんて知りたくない。

だけど刻一刻と昂ぶってきて、どうにも抑えられそうになかった。

鹿川は手加減しているのか、海里が満足するまで水を飲ませてくれようとしている。ボトルに何度も口をつけ、人工呼吸するみたいにくちづけてくる。

それからふと生真面目な顔をしたと思ったら、もう一度慎重にキスしてきて、くにゅりと舌をもぐり込ませてきた。

「……ッ！」

ただの口移しじゃない。これは本物のキスだ。経験がなくてもそれぐらいはわかる。

抵抗したいのに、口腔内をじっくりと探り始める舌を押し返すことができない。力が入らず、されるがままだ。

「海里くん」

低く飢えた声に情欲が滲んでいた。

突発的な事態でフェロモンがあふれ出しているのだろう。それはアルファの理性を奪う蠱惑的な香りだ。

きつく舌を吸い上げられて呻き、ちゅくりと伝ってくる温かな唾液をこくりと飲み干せば、よくできたとでも言うように頭を撫でられる。歯列を舌先でなぞられて、顎を掴まれ、さらに口内の奥まで貪られる。

「無理強いはしない。ただ、このままきみを放っておくこともできない」

「なに、――なに、する、ん、ですか……っぁ……ぁ……！」

下肢をゆるやかにまさぐられ、ずきりと腰が痛むほどに跳ねる。

「やだ、やめっ、あ、う」

ジーンズの前がきつくてたまらなかった。早くそこを解放してほしいという切実なまでの願いと、どうかやめてくれという意地が混在してじたばたともがいたつもりなのだが、なにひとつ形にならない。

「ん――ん……っぅ……！」

ジリッと金属の嚙む音が響く。ジッパーを引き下ろされ、はちきれんばかりのそこに骨張った手が被さる。下着越しに揉みしだかれて強烈な快感を呼び起こされ、いまにも射精してしまいそうだ。

「鹿川――さん、だめだから、や、だ……」

「だけど、つらいだろう。いまは俺を好きなように使っていい。きみはなにも気にするな」

先走りでべとべとになった下着を引き下ろされ、泣きたくなった。

じっとりと貼り付いていた感触が自分でもわかる。たかがキスだけでこんなにも欲情していたのかと思うと、自分を詰りたくなる。

力が入ればいますぐにでも鹿川を蹴り飛ばすのに。

だけど現実はそうじゃない。勃ち切った海里の性器を剝き出しにし、鹿川は顔を近づけていく。その綺麗なくちびるから赤い舌がちろりとのぞく瞬間を見てしまったら、もう止まれない。

いま自分にできることは両手でくちびるをふさぎ、喘ぎを殺すことだけだ。

ぴちゃり、と舌が亀頭を撫で回し、そのままツツと肉竿に下りていく。

「ア……ッ……！」

張った筋のひとつひとつを舌先で辿る鹿川の愛撫に強引なところはないが、つらいほどに海里の快感を浮き彫りにしていく。

「やめ……っも……」

答えを待たずに、じゅるりと飲み込まれた。

熱い口内で亀頭を舐(ねぶ)り回され、裏筋をぐるりとなぞられる。鹿川も勢いがついたようだ。じゅぽじゅぽと出し挿(い)れされて懸命に声を押し殺すが、くぐもった息遣いだけはどうしようもない。

「あっあ……や、だ、やだ……ぁ……っ」

ねっとりと頬張られた亀頭がぐっと彼の口内でふくらみ、右手で陰嚢(いんのう)を揉み込まれたことで唐突に限界が訪れた。

「——……ッ！」

どっと蜜を放ってしまい、あとからあとから震えが襲ってくる。そのたびに凄(すさ)まじい快感が背骨を撓(たわ)ませ、思わず涙が滲んだ。

出しても出してもまだ足りない。腰裏が痺れるほどに放熱し、ごくりと鹿川が喉を鳴らすのをぼうっと聞く。

「まだ硬いな。一度ぐらいじゃ我慢できないだろう。満足するまでしてやる」

「い、いいです、も、やめ、てください」

ぐしゃぐしゃの泣き顔だって見られたくないけれど、白濁(はくだく)で汚れた下肢はもっと晒したくない。なのに、鹿川は愛(いと)おしそうにそこに触れ、まだがちがちに硬い肉茎に頬擦りし、今度は陰嚢にまで舌を這(は)わせていく。そのことにまたも射精感が募り、海里はぎゅっと固く瞼を閉じた。熱い涙で瞼の裏がちくちくする。

いっそ意地なんか吹き飛ばして感じまくってしまえればいいのに。

だけど、それができていたら自分ではない。

初めての口淫に溺れ、弛緩している海里から衣服を剝ぎ取っていく鹿川が、裸の胸にくちづける。普段平らかなそこは凄絶な快感でほんのり赤く尖っていた。

「ここはどうだろう。オメガは授乳もできるから胸も感じやすいと聞いたことがあるが」

「んっ、ん、そんなの——わかんな……っあぁっ！」

ちゅく、と真っ赤な乳首を口に含まれながら性器をゆるりと扱かれ、反射的に身体がのけぞる。

認めたくない。絶対に認めない。こんなにも強い快感を出会ったばかりのアルファに——番になってほしいと請われた鹿川に教え込まれるなんて。

はあはあと肩で息をするたびに乳首を吸われる。熱い舌がねろりと根元に絡みつき、ちゅうっと吸い上げられた。

「そ、んな、——とこ、……」

「よくないか？　痛いか？」

それどころではない。なんとも思っていなかった尖りを鹿川に軽くしゃぶられるだけでツキンと硬くなっていく錯覚を覚える。むずむずする感覚がこみ上げてきて、どうにか彼の頭を引き剝がそうとするのだが、両手に力が入らない。

「やだ、や、だ」

しゃくり上げながら抗うものの、乳首をつままれて人差し指と親指の間で擦り合わせられると内腿にきゅっと力がこもるほどに感じてしまう。

それは甘痒(あまがゆ)い快感だった。いままで知らなかった刺激を与えられ、狂おしい熱が体内で渦巻いている。

「すこし赤くなったようだな。……可愛い」

鹿川が微笑み、左側の乳首にも吸いつく。ねっちりと巻き付いた舌に執拗(しつよう)に舐り回され、ああ、と掠れ声が漏れてしまう。

やめてとか、いやだとか散々言ったのに、鹿川はやめてくれない。

それよりも問題なのはこの身体の敏感さだ。

鹿川がすることなすことといちいち拾ってしまって激しい快感にすり替えてしまう。肌の下からちくちくと鋭い針で突き上げられているような感覚に戸惑い、ふらつく右手でせめて口を覆う。これ以上醜態を晒したくなかった。

なのに、なのに。

乳首をたっぷりとしゃぶり、ほの赤くふくらんだところで鹿川は下肢を握り込む。そこはまたも硬く勃起していて、次の射精を待ち望んでいるかのようだ。

「感じてくれているようだな」

「こ、これは、単なる、ヒートですか、ら……あ、あなたのすることには関係、ないです

「……！」

憎まれ口を叩いたが、乳首を甘く吸われながら肉茎を淫猥に扱かれるとひとたまりもない。

わっかにした指が根元からくびれにかけて上下し、先ほど放った蜜を助けにしてぬるぬると動く。じゅくっ、じゅくっ、と淫らに響く音を遮断したい。耳をふさぎたい。もしそれができたとしても、自分の荒い息遣いだけは防げないだろうけれど。

「あ、う、うん、んー……っ」

「もう一度イってくれ。もう一度と言わず何度でも。きみが満足するまで」

「ど、して、……こんな、こと……」

「俺はきみの番だ。きみの欲情を受け止めるのが役目だ。ほんとうなら」

するりと手をすべらせて尻の狭間に触れてきた鹿川に、ひくんと喉が鳴る。

そこを使ってアルファとオメガは繋がる。セックスをするのだ。中に出されてしまえば、高確率で妊娠する。

「……や……だ」

こころの準備がまだできていない。知り合ったばかりの男に身体の奥深くまで明け渡す勇気はさすがにない。

「そこは……ぜったい、いや、です」

震える声で否定すると、「そうだよな」と鹿川も困ったような顔で微笑む。

「俺としても急ぎたくない。そもそも、今日出会ったばかりだ。でも、番であることは間違いないんだ。絶対に身体の相性は抜群だ。許されるなら、すこしずつきみに触れていきたい」

「う、う」

「海里くん、イきたいか？　何度でも気持ちよくイかせてやるから、ひとつ実験をしないか」

「じ、っけん？」

「きみを花嫁として、うちに迎えたい。もちろん、いきなり結婚というわけではなくて、お試し期間を設けたい。俺はいますぐにでも番としてきみと結婚したいが、きみはまだそういう気分じゃないだろう。だったら、一定期間うちで暮らして、生活をともにしてみないか？　そこで俺という人間を判断してほしい」

なにを言っているのだ、いったい。

彼の家に行くとなったらそれはもう事実婚だ。

そんな無茶はできない。だが、この身体は隅々まで反応し、あろうことか身体の最奥までうずうずしている。初めてなのに、鹿川を受け入れたくてたまらないのだろう。だからヒートは厄介なのだ。これまでは自慰だけで我慢してきたが、他人の手で暴かれるのがこんなにも気持ちいいなんてほんとうに知らなかった。

鹿川の手淫は止まらず、二度目の射精もあっけなく訪れる。さっきよりも多めの精液を放っているのに、疼きは収まらない。むしろ、もっとひどくなっている。

男を知らない狭く窮屈な場所をこじ開けてほしくて、知らず知らずのうちに腰を揺らしていた。そのことに気づいたらしい。鹿川が意を決したような顔で海里の太腿を大きく割り開き、その間に顔を埋める。膝頭が胸につくほど高々と持ち上げられ、秘所を晒してしまうのがいたたまれない。

「……見ないで……！」

「無理だ。こんなに甘い香りを漂わせて……おかしくなりそうだ」

さっきは急ぎたくないと言った彼なのに、濃く漂うフェロモンに負けそうになっているのだろう。汗ばんでしっとりした内腿にキスを繰り返し、軽く噛み痕をつけて大事な場所へと近づいていく。

鼻先がアナルに触れ、「ひっ」と情けない声を上げてしまった。

シャワーも浴びていない。一日仕事を終えた身体を清めていない。それなのに鹿川はためらうことなく海里の窄(すぼ)まりを舌先でつんつんとつつき、ちろりと舐め上げてくる。

「あぁっ、あ、そこやだぁ……っ！」

感じすぎて、些細(ささい)な舌遣いすら鮮やかに感じ取ってしまう。

痛い思いをさせないためか、鹿川は孔の周囲をじっくりと舐め回し、指ですこし広げて中へと舌をくねり挿れてくる。

「くぅ……っ！」

にゅぐりとした熱い感覚が頭の中まで支配していく。

欠片ばかり残った理性が、はねのけろ、彼を蹴り飛ばせと懸命に囁くのに対し、荒ぶる本能がもっともっと強烈な快楽を求めて海里を押し潰す。

「指を……挿れてもいいだろうか」

「う、うう……っ」

絶対にだめですと首を横に振るけれど、そこはじわじわと開き、早くも中が潤んでさらなる刺激を欲している。

「――ほんとうにいやだったら、そう言ってくれ。絶対にやめるから」

「……んっ……！」

くちゅくちゅとアナルの縁までも舐め回し、いくらかやわらかくなったところで鹿川は唾液で濡らした指をそうっと挿し込んできた。まずは一本。

異物感にぎゅうっと締めつけてしまったのが仇になった。体内で鹿川の長い指を感じ取り、媚肉をやさしく擦られることに頭がのぼせそうだ。

「やっぱりきついな……できるだけ丁寧にする」

だったら指を抜けと怒鳴りたい。いますぐ冷たいシャワーを浴びて平常心を取り戻したい。

しかし身体は海里を裏切り、ぬちゅりと中を探る指の硬い感触を悦んでしまい、奥へ奥へと引き込んでいく。

第二関節まで入り、鹿川の指が上向きに擦り出す。

「あ、あ！」

声が抑えられなかった。

いまのはなんだ。なんなのだ。

もったりと重たいしこりのような箇所をじっくり擦られるたびに声が跳ね上がり、じっとしていられない。

「ここが海里くんのいいところなんだな」

ほっとしたような顔で笑う鹿川が指を増やしてそこを執拗に嬲る。じゅくじゅくと聞くに堪えない音がそこから響いてきて、海里は我を忘れて喘いだ。

「あ、っ、や、そこ、へん、になる、あっ、あぁ」

「指を抜いたほうがいいか？」

するりと抜けていく気配を察し、無意識にくっと締めつけてしまった。

指で擦られたところからさらに奥がよだれを垂らして、もっと大きく、硬く、熱いものをはしたなくねだっていた。そのことにかあっと頬を熱くし、くちびるを噛み締める。

いまや指は三本に増やされ、ぐしゅぐしゅと抜き挿しされていた。声が止まらない。疼きが抑えられない。この暴力的な衝動に決着をつけるための手段はひとつしかない。

だが、それを自分から口にすることはとうていできなかった。

プライドもなにもかもかなぐり捨てることができれば、自ら四つん這いになって腰を高く上げていただろう。交尾の姿勢を取り、きわどい誘い文句を口にしていたはずだ。

でも、絶対にできない、それだけは。

いまにも爆発しそうな熱を抱え込んで呻く海里の中を、鹿川の指がやさしく撫で回してくる。ちゅぽっと音を立てて引き抜かれたとき、なんとも言えない空虚感が襲いかかってきた。それが信じられなくて、涙混じりの目を瞠る。

「や……」

「でもきみの身体はこんなに蕩けている。……俺もだ」

おずおずと視線をずらすと、彼のスラックスが硬く盛り上がっていた。息を呑み、そこから先は頭の中はぐしゃぐしゃだった。

「いまなら、やめられる。いまなら。どうする?」

こんなにしておいてまだ鹿川は慎重だ。

何度も何度も唾を飲み、瞼をきつく閉じる。

やめてください、これ以上はだめです。

そう言ったはずなのに、口から出た言葉はまったく正反対のものだった。

「……仕方ありません、ね……ここまでして……僕だって、どうにもならない」

「海里くん」

「……い……」

掠れた声が自分のものとは思えなかった。

瞼を伏せて、ぽそぽそと続ける。

「……一度、だけなら……」

なにを許しているのだろう。

火照った中を抉って、突いてほしい。殺せない声を出させてほしい。溺れるのは一回だけ。いままで知らなかった他人に与えられる快感を存分に味わって、あとは知らない顔をしていればいい。もし余韻が残ったとしても、ひとりですませる自信がある。いまはヒート用にいろいろな道具があるのだ。それを使えばいい。

「一度だけなら……、構いません」

今度はきっぱりと言うと、やけに緊張した顔の鹿川がこくりと頷く。それから目の前で衣服を脱いだ。着痩せするたちなのだろう。見事に鍛えた身体に一瞬見とれてしまった。くっきりと張り出した鎖骨、胸板は厚く頼りがいがありそうだ。そのまま視線をずらしていくと綺麗に割れた腹筋と濃い繁みがちらりと見える。

顔を赤らめる海里に構わず、鹿川はスラックスとボクサーパンツもまとめて脱いだ。ぶるっと跳ね上がる雄々しい性器に、じわんと腰の裏が熱くなる。

鹿川のそれは根元から太く隆起し、先端はいやらしく濡れていた。脈打つように太い筋がびくびくしている。

これがいまから自分の中に挿るのだと思うだけで腰がずり上がる。怖い、という本能は消せない。それと同時に、めちゃくちゃにしてほしいという浅ましい願いもある。

身体の奥底で燻（くすぶ）る熱をどうにかしてほしいのだ。

鹿川は先走りで濡れた性器を自ら扱き、上体を倒し、海里のそこに押し当ててきた。

ひたりと吸いつくような感触に、はぁと甘ったるい吐息がこぼれる。自分としたことが不安よりも期待が上回っているようだ。

「充分に濡れている。オメガはこういうとき、分泌物が出るというのはほんとうなんだな」

「そう、なんですか……？」

自分の身体だが、他人に愛されたことがないからわからない。

ぬるりとしたしずくで指を湿らせ、もう一度窄まりの奥を探ってきた鹿川が今度は漲った肉茎をあてがってきた。

指よりもっと大きく、硬い感触に戦（おのの）き、無意識に身体が竦（すく）む。

「怖がらなくていい。やさしくする」

鹿川がちゅっとくちづけてきて、そのままゆっくりと挿ってきた。

「あ、……あっ……あっ……あっ……！」

ズクズクとねじ込まれる間、間断なく声が上がる。

灼熱の楔（くさび）は蕩けた肉襞をかき混ぜながらじっくりと攻め込んできた。まず切っ先が孔の縁をやさしく撫で、吸いつくようにちゅぽちゅぽと卑猥（ひわい）な音を響かせることに勇気づけられたのか、そのままじわりじわりと中ほどまで侵入してくる。その太さと硬さに圧倒されて、まるで標本の蝶のように手足を強張らせていた海里に気づいた鹿川が指を深く絡みつけてきた。

その他愛ない仕草に、なぜだかひどく安堵する。

――痛めつけられるわけじゃない。

たぶん、思うよりもずっと気持ちよくしてもらえる。

「ゴムを着けよう」

「い、――っいい、このまま、で」

最初の接触で避妊をしないのは危険だが、肌に浸透し切った熱をすこしも逃したくない。

「……ん……っ」

声に色香が滲んだ。雄芯がぐぐっと抉り込むように挿ってきて、先ほど指で散々擦ったところをたっぷり嬲って奥へとかき分けていく。

「きつい、な……つらいか?」

「ん、ぅ――ん」

頭の中まで犯されてしまったような気分は苦しい以外のなにものでもないけれど、自分の身体の中にこれほどの潤いと熱い場所があるなんて知らなかった。

アルファに抱かれるためにあったのだ、この身体は。

「は……」

時間をかけてくれたことで、鹿川がすこしずつなじんできた。長大なものを最奥まで受け入れて息を吐き出すと、鹿川がゆったりとした腰遣いで進んでくる。未熟な肉洞は初めての体験なのに淫らに蕩け、懸命に鹿川にまとわりつく。

「すこし、動いても大丈夫か？」

「ん……っ」

鼻から抜ける声はどこか甘えていないだろうか。感じ始めていることがバレるのがいやで、彼の背中に必死に爪を立てた。

じゅぽっと引き抜かれ、ずるりと挿り込んでくる。抜かれる瞬間の空虚感がもどかしいと思ったすぐあとに、みちみちに押し込まれて呼吸がバラバラだ。なんとか深く息を吸いたいと思うのだけれど、生まれて初めての行為に頭も身体も追いつかない。

「俺にしがみついてくれ。強く」

「ん、ん、あ、――アッ、あぅ、う、うん……ッ」

ゆるやかな律動はしだいに速くなり、涙で潤んだ視界には額に汗を浮かべた鹿川が映る。彼ものめり込んでいるのだ。執拗に首筋にくちづけ、ぐっぐっと突いては腰を引き、はちきれんばかりの感覚を海里の中に植えつけていく。

「……ッ……ん……ぁ……！」

「だめだ、そんなに締めつけたら……」

ねっとりと潤んだ中が鹿川を搦め捕り、逃すまいとする。最奥をコツンと突かれると電流のような快感が全身に走り抜け、海里はもうわけもわからず泣きじゃくった。

知らない、知らない。こんな快感があるなんて知らなかった。

——あなたに触れられるまでは。

気持ちいいと素直に言ったらその先は底なしだろうから、ぎりぎりとくちびるを噛む。ふうふうと荒い息遣いが漏れ、痕が残るほど鹿川の背中を引っかいてやった。

ずちゅずちゅと挿れたり出したりする鹿川に釣られて中がきゅうっと引き締まっていく。苦しい、つらい、きつい——でも、気持ちいい。死んでしまいそうなほどに気持ちいい。息ができないぐらいに。

いつの間にかまた前も勃っていた。それを鹿川は握り締めて扱き、さらなる絶頂へと追い込んでくる。

「や、だぁ、あっ、だめ、も、あっ、あ！」

「そういうときは、イくと言うんだよ」

「んー……っあ、っう、う、……っい……」

これが、イくということなのか。

慣れた自慰とはまったく違って、他人とひとつになってどろどろに溶け合う凄まじい快感に我を忘れ、海里も腰をつたなく振ってしまう。ぎちぎちに嵌め込まれたものが強く穿ってくるのがたまらなくいい。

蠕動する肉洞が鹿川をも狂わせるのだろう。やさしくするという言葉をどこかに置き忘れたかのような律動で最奥を突き上げ、海里の弱いところをあますところなく探し出し、

愛撫する。

がむしゃらに腰を打ちつけられて悲鳴のような喘ぎを漏らし、「そこ、あっ、や、だ……っ」としゃくり上げれば、もっと穿たれる。

「海里くん、イくんだ」

声音はやさしいけれど、切羽詰まったものを感じさせる語調に海里は全身で彼にすがりつき、喉奥から声を絞り出した。

恥ずかしい。死ぬほどの羞恥に襲われながらも、この快感を手放したくない。早く、早く。高みへと昇り詰めたい。

「い……っイく……っ！」

びぃんと爪先を伸ばして彼の逞しい腰に絡みつければ、より一層密着が深まる。鹿川の雄と海里のうぶな肉襞が蕩け合い、ぐちゅぐちゅになって互いの息を切らせた。

苦しくてくちびるを開くと狙っていたかのように鹿川が貪ってくる。無我夢中で舌を絡め合い、唾液を飲み込む。罪深くて、どこか甘い味だ。

頭の芯が痺れるほどの快楽に突き落とされて、ただもうばかみたいに鹿川にむしゃぶりついた。

「あぁ……っ、あぁっ、あ、イっちゃう、イく、イく、あ、あぁぁっ！」

ぐうんと背中をのけぞらせて蜜を放てば、反らした喉元に噛みついてきた鹿川もどくどくっと最奥に放つ。熱くて量の多いそれは肉襞の間にまで染み込んで受け止め切れず、とろとろあふれ出す。

——……避妊、断っちゃったな……。

いまさら思うが、初めての快楽に夢中になってしまってそんなことは頭からすっぽりと抜け落ちていた。

「すまなかった、ゴムを着けようと思っていたんだが途中から止まらなくなってしまって」

「いえ、……僕から止めたんですし……」

内腿につうっと伝い落ちていく淫靡（いんび）なしずくの感触にとろんと瞬きを繰り返し、海里は放心していた。

鹿川の射精はまだ続いている。最奥を亀頭で舐め回し、まるで種を植えつけるかのような動きにかあっと頬が火照り出す。

「こんなに相性がいいなんて……」

ため息をついた鹿川が髪をくしゃくしゃとかき混ぜて微笑みかけてくる。

「きみはやっぱり運命の番だ……俺だけの勘違いだとは思えない」

「そんな、こと、言われても……」

激しい快感のあとだけにぐったりと力が抜け、いまにも眠り込んでしまいそうだ。

目を細めた鹿川が人差し指で頬をなぞってくる。

「すこし眠るといい。後始末は俺に任せてくれ」

「でも、……シャワー、……ぐらい……」

身動ぎしようとしても怠くてしょうがない。

急激に重たくなる瞼をこじ開けようとするのだが、無理なものは無理だ。

すこしだけ。すこしだけ眠ったらきちんとシャワーを浴びよう。

やさしい指先に髪を撫でられながら、海里はふっつりと意識を手放した。


ふわりと目が覚めたのは奇跡のようだった。

身体のどこもかしこもまだ怠く、腰裏にはじわりと快感の名残がある。

それでも無理やり瞼を開け、身体を探るとすっきりとなめらかだった。

立て続けに極みに押し上げられたあとのことは覚えていないから、きっと鹿川が綺麗にしてくれたのだろう。

ぼんやりした意識で上体を起こせば、「起きたか？」と声がかかった。

シャワーを浴びていたらしい、バスローブを羽織った鹿川が近づいてきてベッドに腰掛ける。

「喉が渇いただろう。ほら」

冷えたミネラルウォーターのペットボトルを渡されたので、ひと息に呷る。

喉の渇きが癒えたら、あらためて羞恥心がこみ上げてきた。記憶をなくせたらと思えるほどの醜態を晒してしまった。途中からわけもわからないほど感じすぎて、あらぬことを口走ってしまった。

じわじわと肌を朱に染めて、バスローブの襟をぎゅっと握る。これも眠っている間に鹿川が着せてくれたのだろう。

「お手数をおかけして……すみません」

「いや、俺が勝手にしたことだ。身体はどうだ？　つらくないか」

もぞりと身動ぎすると、やはり違和感はある。とくに腰から下が重怠くて、まだなにかが挟まっているような気分だ。胸もじんじんする。

それでも、あまり不快ではなかった。情熱に任せたとはいえ、大事に扱ってもらえたからだろう。

どう答えようかと迷っていると、部屋のチャイムが鳴った。

「きみはそこでゆっくりしていてくれ」

鹿川が立ち上がり、ドアを開けに行く。ホテルマンがやってきたようだ。それから鹿川自身が銀色のワゴンを押して戻ってきて、テーブルに朝食の乗ったトレイを置いていく。

「食器はあとでワゴンごと外に出すと言っておいた。食べられそうだったらすこしでも腹に入れたほうがいい。起き上がれるか？」

「大丈夫、です」

そろそろと床に足を下ろすとすこし膝が笑うが、歯を食い縛って一歩一歩踏み出す。大きく採った窓からは爽やかな朝陽が差し込んでいた。

きらきらした光の中で向かい合わせにテーブルに着く。新鮮なオレンジジュースとミルク。それにふんわりしたスクランブルエッグとトースト、色とりどりのフルーツ。いちごにブドウ、パイナップルもある。トマトとグリーンサラダを見たらぐうっと腹が鳴った。

「食べたいものだけ食べたらいい」

鹿川の言葉に頷き、トーストにバターを塗り、さくりと囓る。香ばしいパンの耳がとても美味しい。ゆっくり味わいながらジューシーなトマトも口に運ぶ。

「甘い」

「美味しいな」

果汁たっぷりのフルーツも咀嚼し、オレンジジュースで流し込む。怠かった身体にみずみずしさが行き渡り、生き返った気分だ。

あっという間に朝食を平らげれば、鹿川自ら銀ポットに入ったコーヒーをカップに注いでくれた。

身体の芯に残る痺れをなくすためにシュガーとミルクを溶かし込む。

「それで」

鹿川もコーヒーに口をつけ、やさしい笑みを向けてきた。

「ひと晩かけて相性が最高だということはきみにもわかってもらえたと思う。互いに、もう他の相手は考えられない。俺にはきみが、きみには俺が必要だ」

「ずいぶんな自信ですね」

腹が満たされたことで気力も戻ってくる。ふんと鼻で笑っても、鹿川は動じない。

「あらためて、きみを俺の花嫁として迎えたい」

「……それ、冗談じゃなかったんですか？」

運命の番の次は花嫁ときたか。

呆気に取られて、冷静な顔を取り繕うのも忘れた。

「でも、あなた……」

もらった名刺には大手商社の取締役と書いてあった。確かあの会社は一族経営だ。そんなところにぽんと嫁に行けるわけないではないか。

「ばかな話はやめてくださいよ。あなたにはふさわしい相手がたくさんいるでしょう。もっと美しい方や資産家の方が」

「確かに見合い話はうるさいほどに持ち込まれている。でも、どの相手もぴんと来なかったから、丁重にお断りしていたんだ。いずれは俺が会社を継ぐだろうが、会社存続のために政略結婚するのはごめんだ。いっそ、このまま生涯独身を貫こうと思っていた矢先に——きみに出会った」

「でも、僕たちは昨日出会ったばかりですよ？　……身体の相性以外は、なにも知らないも同然じゃないですか」

「生い立ちを深く知っていたとしよう。性格もよくわかっているとしよう。でもそのうえでどうしても性の不一致があったとしたら？　ただ、快楽のためだけじゃない。互いの呼吸のタイミングや感じるところが一致しているというのは非常に重要だ。俺はきみのすべての虜になった。一時も離したくないから、結婚したいと思っている」

「正気ですか」

「もちろんだ」

大真面目に言われてしまうと反論する気も失せる。

結婚なんて、自分から一番遠い世界にある出来事だと思っていた。妊娠できる身体だから、いつか奇跡が起きる可能性があるかもしれないけれど、それはいまじゃない。だいたい、鹿川のような人物のパートナーを務める自信がない。

「どうかお願いだ。俺の花嫁としてうちに来てくれないか。父はおおらかで、息子の俺が言うのもなんだがいいひとだと思う。母はすこし厳しいが……俺がすべてサポートするし、きみを守る」

「なに言ってるんですか」

思わぬ展開の速さに動転する。

焦って言い返したときには遅かった。

ムキにならず、そんなことできるわけがないと笑って相手にしなければよかったのに。

「うちに来てくれってことは、僕があなたに合わせるってことですよね。初対面の相手にそれを求めるのはかなり失礼じゃないですか？　……その、身体の相性がよかったらしいことは……認めないわけじゃないですけど、いまの生活を捨てていきなりあなたのところへ嫁ぐつもりはありません」

「だったら、どうすべきだと思う？　俺がきみのところへ行こうか」

ああ言えばこう言う。鹿川は一歩も引く気はないようだ。辟易としながら、「だったら」とけしかけてみた。

「ほんとうに結婚したいと言うなら、まずあなたが折れるべきです。僕の花婿にふさわしいかどうか試したい」

自分でもなにを言っているのかと呆れた。これでは彼の誘いに乗ったも同然ではないか。

「僕の暮らしははっきり言ってつましいです。あなたのスポーツカー一台で数年は余裕で暮らせます。そんな僕につき合えるなら——」

「考えてくれるか？　結婚を」

前のめりになる鹿川に顔を顰めた。しくじったなという思いでいっぱいだ。

身体の相性がよかったのは、ほんとうのことだ。実際に、初めての体験であんなにも気持ちよくなれるなんて思ってもいなかった。これから先、彼とつき合い続けて身体を重ねていくことも覚えていったら、どれだけ蕩かされるだろうか。

一度知った蜜の味を忘れられなくなっている自分が忌々しい。

だけど、即結婚というわけにはいかない。品物のようにひょいっと彼の家に運ばれるなんて論外だ。

顎に人差し指を当てて熟考する。

やっぱり無理ですね。諦めてください。

そう言うこともできる。しかし、も、というところに自分で引っかかる。

そう言うこともできるが、べつの言葉もあるのだろうか。

我ながら冷静な思考ができずいやになる。まだ身体は疼いているし、この状態は数日続くはずだ。本格的なヒートではなく、発作のようなものだったから助かったけれど、あそこまで燃え上がったのだ。ほんとうの発情期に鹿川と身体を重ねたらどんなことになるか、考えただけでも震えてしまう。

理性的に考えれば、答えは、やめておけという一択だ。釣り合わない、無理するな、結局破綻するぞと現実的な言葉が頭の片隅でコマのようにくるくる回っている。

一方で、これから先彼以上の相性のいいアルファと出会うのはほぼ無理なのでは、という考えもあった。

だったら花嫁になるという案はいったん脇に置いておいて。

打算的ではあるが、彼と三か月つき合ってみてその中で発情期を迎え、どう対応できるのか試みてみるのはどうだろう。

いままでひとりでじりじりと乗り越えていたヒートだが、タフな鹿川相手ならもっと素早く処理できる気がする。

そうだ、これで行こう。試験的パートナーだ。

「毎日……いえ、それだとお互いに大変だから、週三日うちのアパートに通ってください。期間は三か月。僕は一切あなたの前では飾りません。特別なおもてなしもしない。素のままの僕を見てから考えてください」

「ありがとう。チャンスを与えてくれるんだな」

ほっとしたように笑う鹿川は、見た目以上にしぶといのかもしれない。

こころの中で舌打ちしながら、海里はコーヒーの残りを啜(すす)った。

第二章

「ここがきみの部屋か」

「そうですけど、なんか文句あります?」

顔を合わせるなり喧嘩腰になってしまうのは、鹿川が物珍しそうに1DKの室内を見渡していいるからだ。

ぐるりと見回しても三十秒で終わってしまう狭さだ。東京下町のアパートで、家賃は月六万円。築二十年とまあまあの古さだが、リフォームされていて清潔だ。施設を出て以来ずっと住んでおり、住人ともうまく距離を保って暮らしている。ひとり暮らし用の八戸あるアパートにいま入っているのは六人。隣人はこの春、大学を卒業して九州で就職するとかで引っ越していったので、静かだ。

台所のガスコンロは二口。ひとり住まいにしては大きな冷蔵庫を備えている。中には食材をきちんと詰めており、時間のあるときには作り置きもしている。フリーターとはいえ忙しい毎日なので、くたくたになって帰ってきた夜にはひじきの煮物やきんぴらゴボウが役立つのだ。

「バストイレはべつなんだな。綺麗に住んでる。……テーブルや椅子はないのかな？」

「ありません。狭くなるし。折り畳み式のちゃぶ台を使ってます。その代わり、冬はこたつを出しますよ」

「こたつか。いいな、子どものころに軽井沢の別荘で足を入れて以来お目にかかっていない」

なんともブルジョワな発言だ。

鹿川が部屋に来るのは月、水、土の夜と決まった。彼も仕事が忙しいだろうし、月曜日は避けたほうがいいのではと提案したが、「週の始まりにきみに会ってエネルギーをチャージしたい」と言われてむず痒くなった。

夜の八時。バイト先は朝六時から三時までのシフトだったので、帰り道スーパーに寄って食材を買い込んできた。今日、初めて鹿川を迎えるのだ。普通なら丹精込めて手料理を振る舞うところだろうが、ありのままの自分を見てもらうなら普段の食生活につき合わせたほうがいい。

「お腹減ってます？　それともお風呂先に入ります？」

「腹が減ってるかな。昼食がてらのミーティング以降、忙しくてなにも食べてないんだ」

「じゃ、そこの座布団にどうぞ。あ、ジャケット預かります」

手を出すと素直にジャケットを脱いで渡してくれた。

ハンガーにかけ、和室の壁にかけておく。

座布団に腰を下ろし、興味深げな顔の鹿川に、「なにもないでしょう。つまらない部屋というか」と声をかけると、「いや、温かみがあってとてもいい」と返ってくる。

「きみはこういう部屋で暮らしてるのか。落ち着くよ。この部屋はまるできみ自身のようだ。余計なものがなくてすっきりしている。誠実で、偽りがない」

「おだてられても夕食以外はなにも出ませんよ。ちゃちゃっと作っちゃいますんで、好きにしていてください」

「あ、俺も手伝おうか」

「ふたり立つほど広い台所じゃないんで結構です」

すげなく言って、彼に熱い緑茶を出す。仕事柄というほどではないが、海里はお茶のたぐいに目がなかった。バイト先のコーヒーショップで気軽に飲むコーヒーや紅茶もいいし、家でゆっくり緑茶を飲むひとときも捨てがたい。

エプロンを身に着けて手をよく洗い、冷蔵庫の中を確かめる。

「うーん……」

ごはんは普通に炊くとして、メインはなんにしよう。月曜のバイト先はいつも混んでいるので、腹が減っている。ここは二割引で売っていた挽肉と買い置きのタマネギを使ってハンバーグにしよう。つけ合わせは冷凍しておいたブロッコリーにニンジン。ミニトマトのお徳用パックも買ってきたので、残っていたサラダ菜と一緒に出そう。あと一品は適当に冷蔵庫の中に残っているものを出せばいい。

メニューが決まったら早速下ごしらえだ。スライサーを使ってタマネギをみじん切りにし、挽肉、パン粉、牛乳と塩胡椒、たまごと合わせてボウルで捏(こ)ねる。

いい感じにまとまってきたら、タイミングよくごはんが炊き上がった。しゃもじを持って炊飯器に向かうと、和室でテレビを観ていた鹿川が慌てて立ち上がる。

「それぐらい俺がやろう。ごはんを……こう、ひっくり返せばいいんだな？」

「そうです。しゃもじで底から返して、お米を潰さないようにさっくりとお願いします」

役割を与えられて嬉しそうな鹿川がしゃもじでごはんを返す。ふわっと立ち上るいい香りに、ぐうっと彼の腹が鳴った。

そのことに思わずちいさく笑い、ハンバーグのタネをフライパンに置く。ふんわり捏ねた肉はじゅうじゅうといい匂いを立て、いつしか隣に来ていた鹿川がひくひくと鼻先を蠢(うごめ)かす。

「手際がいいんだな。自炊歴が長いのか？」

「ええ、まあ」

調理する手を止めず答える。

ここで会話を打ち切るのもありだが、試験的パートナーを申し出たのは自分だ。

表層的でもいいから、互いのことをすこしは知っておいたほうがいいのではないだろうか。鹿川のほうはわりとよく喋ってくれているからおおよその出自は掴んでいるが、海里自身については謎だらけだろう。

こんな慎ましやかな生活をしているのはなぜなのか。オメガだからか。ろくな援助も受けられないのかと先回りして詮索されたくなかったので、ひとつ息を吐いてから話し出すことにした。あまり深刻にならないように。

「僕は施設育ちなんです。両親の顔は知りません」

「そう……なのか」

さしもの鹿川も驚いたようで、顔をのぞき込んでくる。そのぶん身体が近づくのが厄介だが、いまの鹿川が発しているのは穏やかな温もりで、よこしまなものではない。

「赤ん坊のときにバスケットに入れられて施設の前に置かれていたそうです。そこは家庭環境が複雑な子を引き取る場所でもあったんですが、オメガ養護施設でもあって。僕が十歳のときオメガだとわかってからもずっと暮らしていたんで、まあいわばふるさとは養護施設ですね。恵まれたあなたにはわからない事情でしょうが」

「……話してもらえて嬉しいよ。きみについてまたひとつ知ることができた」

嚙み締めるように鹿川が頷く。

「施設にいたころはスタッフの皆さんのお世話になってましたけど、もともと料理は苦にならないほうだったから、よく調理室に入ってお手伝いしてました。この鍋も」

年季の入ったアルミの片手鍋を彼に見せる。底に焦げがついていて、取っ手の付け根も弱っているが、大事に手入れしてきた。

「施設を出るときの想い出として、これが欲しいってお願いしてもらったんです。使いやすくて好きなんですよ。ラーメンも味噌汁もおじやもこれで作れますし」

「美味しそうだな。きみが作るラーメンも食べてみたい」

　にこりと鹿川が笑う。

　正直な言葉に偽りは感じられない。そのことがちょっと驚きだった。するりとひとのこころに入り込んできてやさしく、かつ情熱的に誘う男なのだから、簡単に「きみの事情もわかるよ」などと言いそうだなと思っていたのだ。

　ハンバーグに美味しそうな焦(こ)げ目がついたところで皿に盛りつけ、解凍しておいたブロッコリーとニンジンを添える。サラダときんぴらもできていたので、もう一品、冷蔵庫から取り出した。

「それは？」

　深めの小鉢に菜箸で取り分ける海里の手元を鹿川が興味津々(きょうみしんしん)といった様子でのぞき込んでくる。

「レンコンののり塩炒めです。酢水であく抜きしたレンコンをさっと炒めてのり塩で味つけしたものですよ。僕はビールを飲みますが、鹿川さんは？」

「ぜひいただこう。今日は電車で来たんだ。とても美味しそうだ」

　木製のトレイに皿を載せてちゃぶ台に運ぶ。鹿川もごはんを盛ったお茶碗を運んでくれた。汁物はインスタントのコンソメスープだ。一応、来客用にと食器類はふたり分用意しているが、スープ皿なんて洒落(しゃれ)たものは持っていないので、普通にお椀に粉末スープを入れてお湯を注ぐ。

「できました。冷めないうちに食べましょう」

彼には割り箸を渡す。

「いただきます。……ん、旨い」

いそいそとハンバーグを箸で切り分けた鹿川が口元をほころばせた。

「ケチャップとソースなんだな。なんだか、とても懐かしい味だ。子どものころ、洋食屋で食べたような」

「赤ワインを使って本格的なデミグラスソースを作ることもごくたまにはやりますけど、普段はこれですね。さっと作れてそれなりに美味しい」

「とんでもない。ほんとうに美味しいよ。お米も艶々だ」

「米にはこだわってるんです。と言っても、これっていうブランドに絞っているわけじゃなくて、各地の新しい銘柄には目がないタイプで。今日食べてるのは宮城のお米です」

「米どころだな。もっちりしていてかすかに甘い」

ワイシャツにネクタイ姿の鹿川はあぐらをかいて、美味しそうにハンバーグとごはんを交互に口に運んでいる。

「コンソメスープもすごく美味しい」

「それはインスタントですけど、北海道からお取り寄せしてるんです。普段はお味噌汁ですが、たまのご褒美にって感じで」

「今日の夕食はきみにとってご褒美になったかな？　俺はお邪魔じゃないだろうか」

「半分以上食べておいてそう言うのも図々しいですよね」

憎まれ口を叩いても、彼は楽しそうだ。

ブロッコリーもニンジンも、鹿川はよく食べている。途中でお茶碗が空になったことに気づきお代わりをしてやると、「ありがとう」と笑みが返ってきた。

「こんなに美味しい料理は久しぶりだな」

「取締役だったら普段もっといいものを食べてるでしょう。最初に僕を連れていってくれたお店もとびきり美味しかったですし」

「仕事柄、ひとを交えた会食が多いんだ。確かにいい店を使うことは多いが、こうした家庭料理とは全然違う。……俺の求めていた味はこれだ。ごちそう様でした」

米粒ひとつ残さず食べ終えた鹿川が両手を合わせる。育ちがいいのは間違いない。箸遣いだって綺麗だったし。

「後片付けは俺がやろう。せめてものお礼だ」

「いいですよ、べつに。そんなので恩を売ろうとも思ってませんし」

「美味しい夕食の礼だよ」

「じゃ、僕はお茶を淹れます」

食べ終えた皿類を流しに運び、シャツの袖をまくってネクタイを肩に上げ、鹿川は丁寧に洗い始める。大柄な男がちまちまと食器洗いをしている姿はなんだか微笑ましい。

いやいや、こんなことでほだされるな。そもそも一回目の訪問から深く打ち解けてしまったら彼の思うツボだ。

鹿川の隣で電気ケトルを用意して湯を沸かし、緑茶と紅茶で悩んで、紅茶を淹れることにした。後味がすっきりしたアールグレイはスリランカ産だ。ほんのり甘く、爽やかな味は洋食後にぴったりだろう。

さすがに皿洗いは慣れていないのか、それとも几帳面なのか、時間をかけて綺麗に洗い終えた鹿川にタオルを渡し、ちゃぶ台に紅茶の入ったティーカップを置く。オフホワイトの茶器は茶渋が気になるので、よく漂白している。

「どうぞ」

「ああ、すまない、なにからなにまで」

ネクタイの結び目をゆるめた鹿川が再び座布団に座り、紅茶を啜る。そして、満面の笑みで「美味しいな」と言った。

「きみの店の紅茶も美味しかったが、これはまた別格だ。さっきの緑茶も旨かった。海里くんはお茶好きなのかな?」

「ええ、茶とつくものはたいてい好きです。コーヒーはそれなりですけど、日本茶、紅茶、中国茶はよく飲みます」

ふうふうと湯気を吹いて熱い紅茶を啜る。

落ち着いた、静かな時間だ。

この間のように食事のあとにすぐ誘われるのだろうかと危惧していたが、今夜の鹿川からは情欲があまり感じられない。それよりも、この狭い室内に興味があるようだ。

「……狭いでしょう。あまり見ないでください、恥ずかしいから」

「綺麗にしているじゃないか。このちゃぶ台もいい色合いだ」

「ほとんどフリーマーケットやネットで買ったものばかりです。色は……ブラウンでまとめておけばうるさくないかなって」

いま鹿川が見つめているのは、フリマアプリで譲ってもらったチェストだ。チェリー材でできているそれは甘やかなキャラメルブラウンで、前の持ち主も大事に使っていたようだ。

「結婚して荷物を整理するっていう男性から安価で譲ってもらったんです。このちゃぶ台も、同じような木材で探しました」

「家電は白なんだな」

「汚れが目立つぶん、こまめに掃除しますから。白はなんだかんだ言ってあまり主張しないので目にやさしいんですよ」

壁にはカレンダーもポスターも貼っていない。花も特別飾らない。視界に入るものが多いと気が散ってしまうからと言うと、鹿川は納得したように頷く。

「ごはんを食べたんですから、ころ合いになったら今日は帰ってくださいね。僕の部屋に上げた初日ですし」

予防線を張ったことに気づいたのか、鹿川が苦笑する。

番に、そして花嫁になってくれと請われていまがあるのだが、そうそう毎回簡単に肌を許すものか。

最初の晩は発作的な発情だったので、長引かずにすんだ。今日も用心して、鹿川が家に来る前に強めの抑制剤を飲んでいる。

いきなり牙を剝かれるかもしれない。そのときは絶対に拒絶しようと決めていたが、鹿川の表情は穏やかで、その気はなさそうだ。アルファが欲情しているときは、オメガである自分もその匂いがわかる。

アルファとオメガ。互いにどうしたって引き合う仲であることは間違いないので、不要にそのかすことがないよう念には念を入れたい。

「僕はまあ、こんな感じです。あなたのほうはどうなんですか。きっと豪邸にお住まいなんでしょう？」

すこし刺のある言い方になったのに、鹿川は気を悪くしたふうでもなく「そうだな」と顎に手を当てる。

「豪邸というほどではないよ。一家四人の個室とリビング、ダイニングキッチン、バスとトイレがあるぐらいだ。あとはまあ、忙しい両親のためにお手伝いさんがいる。料理も掃除も彼女に任せているんだ」

「充分豪邸じゃないですか。ふたり立てばいっぱいいっぱいの、うちの台所とは大違いですよね」

「でもそのおかげできみと近くにいられた」

やさしく微笑まれると、それ以上尖ったことは言いにくい。ふいっと顔を背けたものの、

「……一家四人？」と訊いた。

「ご兄弟、いるんですか」

「ああ、歳の離れた弟がひとり。いま十七歳なんだ」

「かなり歳下なんですね。高校二年か」

「俺に懐いてくれていてね。両親が忙しかったから俺が親代わりのところもあったんだが、なかなかのブラコンで。再来年にはもう大学生だから、そろそろ独り立ちしないといけないんだが」

そう言う鹿川の目元はやわらかい。

「真琴（まこと）というんだ。遅く生まれた子だから両親にだいぶ甘やかされてしまってちょっと我が儘なところがあるが、悪い子じゃないんだ。今度、きみにも会ってほしい」

「花嫁になるために？」

「気が合ったらいいなと思ってさ」

「機会がありましたら」

「うん、……あ」

彼の手元に置いていたスマートフォンが振動する。

「ちょうど弟から電話だ。ちょっといいかな?」

「どうぞ」

彼から顔を背け、テレビを点けてボリュームを絞る。

「もしもし、どうした真琴。……え? 腹が減った? 絹江さんがごはんを作ってくれているだろう。……なんだよ、それじゃいやだって。もう子どもじゃないんだからちゃんと食べなさい」

電話の向こうからなにやらギャンギャン叫ぶ声が聞こえてくる。どうやら我が儘だというのはほんとうのようだ。家で作ってもらえる料理をいやだと言うなんてどういう十七歳だ。

「俺はいま食べたところだよ。……わかったわかった。いつもの店に連れていけばいいんだな。すこし遅くなるがいいか?」

――いまどこにいるの。

かすかな声が漏れ聞こえてきた。

ちらっと鹿川が目配せしてきて、楽しげにウインクする。

「今度教える。ああ、わかった。なるべく早く帰る」

電話を切って、「すまない、弟がごねてなじみのレストランに連れていけと言うんだ」

「いまから?」

「世話になっているビストロでね。遅くまでやってるんだ。――今日はごちそう様。今度は水曜日だな。次は俺もなにか手伝えるように練習しておくよ」

「じゃ、風呂掃除でもしてもらいましょうか」

「やる気が出るな。家の風呂をしっかり磨いておく」

ジャケットを羽織って鞄を持ち、玄関の三和土で靴を履いた彼が振り返る。

送り出すために彼の前に立った海里はあらためて彼との身長差を知って、すこし身を竦ませる。覆い被さるほど影は大きい。

鹿川が不意に顔を近づけてきたので思わずのけぞると、くくっと喉奥で可笑しそうに笑った彼がちゅっと額にキスしてきた。それから髪をくしゃくしゃとかき混ぜてくる。

「おやすみ、海里くん。今日はほんとうにありがとう。美味しいごはんだった。ゆっくり休んでくれ」

「……あなたも」

ひらりと手を振って、彼は出ていった。

ほんのりと額に残る温もりが気恥ずかしい。

拳を握り締め、海里は玄関に立ち尽くしていた。

胸の中に、言いようのない温かなものがじわりと滲み出していた。

第三章

約束どおり、月、水、土の夜、鹿川は海里のアパートを訪れるようになった。

最初は皿洗いを担当していたが、次にはルームウェアと掃除道具を用意してきて風呂掃除に挑んでくれた。ふたり入ればいっぱいのバスルーム中に洗剤をかけ、スポンジやブラシで懸命に磨き上げていた。

ひと汗かいた彼にお礼として缶ビールをごちそうし、「先に入っておいで」と言われたのでありがたく一番湯に浸からせてもらう。

高い天井部分まで磨いてくれたようで、バスルーム中清潔な香りがする。

「はぁ……」

いままでなんでもひとりでやってきたから、こういうのは新鮮だ。

足を充分伸ばせるほどの大きさではないので膝を折り曲げてバスタブに浸かり、しっかり汗をかいたところで髪や身体を洗う。仕上げに熱いシャワーを浴びれば最高だ。

「ありがとうございました」

タオルで湿った髪を拭いて和室に戻ると、ルームウェアでくつろいでいる鹿川がほんのり目元を赤らめている。

「酔ったんですか？　ビールひと缶で」

「いや、いつもは平気なんだがな。今日は真面目に身体を動かしたからいつもより酔いが速く回ったようだ」

意外な一面にくすりと笑って、海里も冷蔵庫から缶ビールを取り出す。彼の向かいに腰を下ろし、ぐーっと呷った。

「きみはほんとうに旨そうに飲むな」

「好きなんですよ、ビール」

風呂上がりのアルコールで気分が解れていく。

いまのところ、鹿川は紳士的だ。無理に手を出してくることもなく、ほどよい距離を保って接してくれる。帰るときには額にキスするのが暗黙の了解となっていた。

キスされるたび、身体がほのかに火照る。くすぐったいような、焦れったいような不可思議な感覚は海里を悩ませる。

すこしずつ、熱が蓄えられていく感じなのだ。

こころの中に溜まる熱がいっぱいになったらどうなるのだろう。あふれ出しそうになったとき、自制が利くのか。

ビールひと缶では足りず、二本目を取りに行ってまた飲む。

「あなたももう一本飲みませんか」

「俺はもういい。これ以上酔ったら無様な真似をしでかしそうだ」

「……たとえば？」

いつものぴしりとしたスーツ姿とは違い、薄いブルーのルームウェアの鹿川が泥酔したらどうなるのだろう。ぐっすり寝込んでしまうとか。そうなったら泊まらせるしかないのだが、布団がひと組しかないので困る。一緒に眠るのはまだ早いし。

ぐっともうひと口ビールを呷る。すると向かい側から指が伸びてきて、さりげなくくちびるに触れられた。

「泡がついてる」

「……っ」

どうということのない仕草なのに、身体の芯がふわりと熱い。

「自分でできます」

熱を消すように指で拭(ぬぐ)ったら、余計にじんわり染み込んだ気がする。

もともと、アルファとオメガの相性はいい。それに一度身体を重ねているから、敏感に反応してしまいがちなのだろう。

もぞもぞと身動ぎし、残りのビールをゆっくり飲む海里を鹿川は愛おしそうに見つめている。

「……そんなに見ないでください。すり減ります」

「可愛いことを言うな。だったらもっと見る」

彼が隣に腰掛け、顔をのぞき込んできた。

「子どもっぽいですよ」

「男はいくつになっても子どもごころがあるものだろう？　きみも」

人差し指で顎を持ち上げられた。そのまま顔を近づけられたので、すっと逸らす。だが彼も懲りない。あとを追うように再びくちびるを寄せてきて、二度、三度逸らしたところでとうとう捕まった。

「……っん……」

絶対に拒むつもりだったのに、熱っぽいくちびるが重なって蕩けそうな吐息が漏れた。ちゅ、ちゅ、と浅いキスを繰り返し、くちびるの表面をちろちろと舐められる。それだけで身体の力が抜けてしまい、彼に抱き寄せられるままになってしまう。

「きみも酔ったかな」

「酔ってません」

「だったらいまのキスを許した理由は？」

「あ、あなたが強引にする……から」

頭のうしろを支えられてまたもくちびるが押し当てられる。心地好い弾力に酔いも相まって身体がじわじわと火照り出す。

「すこしだけ、……触れてもいいか？」

「もう、触ってるじゃないですか……」

「それもそうだな」

笑って鹿川が舌先をもぐり込ませてきて甘く吸い上げる。とろりと伝わってくる温かな唾液を素直にこくりと飲み込む自分がちょっと信じられない。

いい、すごく気持ちいい。

舌をくねり合わせるだけの行為なのに頭の底がじんと痺れ、おまけに後頭部をやさしくまさぐられるものだから警戒心がすこしずつ、すこしずつ薄れていってしまう。

だんだんと深く舌が挿り込んでくる。口の中というデリケートな部分を犯され、つい拳を握って彼の胸にあてがう。せめてもの抗いなのだが、鹿川もわかっているようでキスしかしてこない。

くちゅり、ちゅくりと淫靡な音が頭の中でこだまする。歯列を丁寧になぞられて上顎を長い舌でまさぐられた。

「ッ……」

そこが弱いと初めて知った。舌先でくすぐられると、「……ふ」と蕩けた声が漏れてしまう。

「だ、だめ、です、これ以上は――」

「ヒートが近いのかな?」

「そうじゃ……なくて、あなたのこと、まだよく知らないのになし崩しでそうなるの、いやで……」

「では、提案だ」

ちゅっとくちびるの脇にくちづけてくる鹿川がいたずらっぽく楽しそうに目を瞬かせる。

「今日は土曜日だ。もしきみさえよければ、今日と明日はここに泊まらせてくれないか」

「え？」

「二日間一緒に過ごして、俺の気持ちが本物だということを知ってほしい。ビールも飲んでしまったし。車は近くのコインパーキングに置いてきた」

「でも、布団はひと組しかありません」

「俺は畳で寝るよ」

タオルケットが二枚あるからちゃぶ台を片付ければふたり並んで寝ることはできるけれど、二日間丸々彼と一緒にいたら思わぬ展開になりそうだ。

「仕事はどうするんですか」

「週末は幸い休める。念のためタブレットPCを持っている。この週末はメールでの打ち合わせがいくつかあるが、たいしたものじゃない」

「うちでそういうのやって大丈夫なんですか？　守秘義務とかは？」

「業務に差し支えない範囲でやるよ。お願いだ、一緒にいさせてくれないか？　俺はきみをもっと知りたいし、よければ俺のことも知ってほしい」

熱心に言われてしまうと断りにくい。ただでさえ、キスのあとだ。

――一日泊まらせて厄介だったら追い出せばいいんだし。

「……わかりました。息苦しかったらすぐに追い出しますからね」

「かしこまりました。きみのお邪魔にならないようにするよ」

もう一度鹿川が嬉しそうにキスしてきた。


二日間泊まらせる、となったところで着替えはどうするのかと思ったら、「下着をコンビニで買ってくる」と言って鹿川は出ていった。その間に海里はバスタブに湯を張りに行く。

疚しさを覚えるほどのキスをしてしまったあとだから、今夜はさっさと寝よう。そうするにかぎる。

布団を敷くのがこんなに照れくさいなんて。

シーツの四隅をぴしりと整えたところで鹿川が戻ってきた。

「ただいま。もう布団を敷いてくれていたのか。ありがとう」

「あなたもお風呂どうぞ」

「ああ。先にすこし仕事を片付けておくよ」

バスタイムは好きだ。気に入っているシトラスの香りがバスルームいっぱいに広がり、落ち着く。バスオイルにも凝るほうだ。ミントやオレンジ、ネロリと取りそろえていて、その日の気分でオイルを垂らす。疲れているときは温泉の素を入れることもある。バイトは立ち仕事なので、一日終わると足が怠いことがあるのだ。すっきりできないときは夜のジョギングに出かけることもある。

今日はどうだろう。清潔なふくらはぎを揉みながら、風呂に入ってしまったけれどあとで走りに行ってもいいかなと思う。またシャワーを浴びればいいのだし。

鹿川はちゃぶ台に置いたタブレットＰＣに向かっていて、「よし」と呟くとパタンとディスプレイを閉じる。

「じゃ、俺も風呂に入ろうかな」

「その前に、すこし走りに行きません？」

「走りに？」

「ジョギングが趣味なんです。ああでも鹿川さん革靴か……、それならウォーキングでも」

「いいな。明日シューズを買ってくるから今夜はちょっとそこらへんを歩こう。散歩がてら」

快諾した鹿川がルームウェアのまま革靴を履く。

五月中旬の夜風は心地好く、爽やかだ。湿度が低く、ジョギングやウォーキングにはもってこいだ。

ふたり並んで夜道を歩く。

「きみはまたあとでシャワーを浴びるのかな？　いまもシャンプーのいい香りがするが」

「さっと浴びて寝ます。不埒(ふらち)なことはしませんからね」

「抱き締めて眠るぐらいは許してほしいんだが」

軽口を叩きながら、電灯を頼りに一定のリズムで歩いた。

「……きみは、しっかりしているな。施設で育ったという話をさらりと聞かせてくれた。身内はひとりもいないのか」

「いませんね。何度かスタッフが警察に照会してくれましたが、名乗り出る親はひとりも出てきませんでした。たぶん、兄弟もいません。完全なひとりです」

「幼いころ、寂しかったことは？」

ぶしつけな質問だなと揶揄(やゆ)することもできたが、その声はいたわりに満ちていた。

道路に伸びる自分の影を追いながら、海里は考え込む。

「寂しかったこと……とくにないです」

「ほんとうに？」

「しつこいですよ」

「すまん」

嘘だ。

ほんとうは、ある。

養護施設で育ったとはいえ、中には元いた家庭に戻る子もいたし、早々に自立して寮を出ていく子もいた。

そういうとき、共用の玄関から靴がなくなるのが寂しかった。下駄箱に入っている靴がすくなくなっていくと、――そうか、皆どこかに行くんだなと言い知れぬ空虚感を覚えた。

自分には帰る場所がない。いや、施設が家代わりだったからそんな恩知らずなことは言えないけれど、いつかは自分だってここを出ていくのだ。そうしたとき、待ってくれているひとがどこにもいないというあてどもない寂しさは確かにあった。

十八歳になったら施設を出て独り立ちする。バイトを重ね、補助金も出るから資金面では急に困ることはなかったが、たまに風邪を引いたとき、バイトも大学も休んでひとり部屋で寝ているしかなかった夜はこころ細かった。熱で朦朧とし、食料の買い置きはまだあったかなとぼんやり考えるあの不安感が、恵まれた育ちの鹿川にわかるだろうか。

やはり言わないでおこう。

影を並べて歩き、町内をぐるりと回って「ここが公園です」「そっちがよく行くカフェ」と三十分ほど案内して家に戻る途中、隣を歩く鹿川がそっと手を握ってきた。

「ちょ……っ」

「夜だし、誰も見てない」

「そういう問題じゃ」

慌てて振り解こうとするものの、意外とがっしり指を絡め合わせられている。

先ほどのキスの熱がぶり返しそうだ。

手のひらにじわっと汗が浮かぶのが気恥ずかしい。勢いをつけて離そうとするも、ぐっと深く指を絡め合わせられてしまうから逃れられない。

軽く息を弾ませながら部屋に帰り、つっけんどんに鹿川にタオルを押しつけた。

「お風呂、入ってください。僕は先に寝てます。あまり汗をかかなかったから明朝シャワーを浴びます。僕、明日もバイトなんで」

「わかった。じゃ、先取りでおやすみのキスだ」

玄関先で立ったまま抱き締められて、やさしくくちびるが重なる。

ただ一瞬触れるだけのものなのに、やっぱり気持ちいい。

鹿川以外の誰ともしたことがないけれど、彼のキスは極上だ。

つかの間夢を見せておいて、あっさり腕を解いた鹿川は鼻歌を歌いながらバスルームへと消えていく。

取り残された海里は茫然とするものの、しだいにむしゃくしゃしてきてさっさとパジャマに着替えることにした。

部屋の電気を消し、布団にもぐり込んでしまえばもう大丈夫だろう。

鹿川には一応、タオルケットを出してある。枕用に座布団も。畳で寝ると言ったのは彼なのだから勝手にすればいい。

「……二日間、どうやって過ごせばいいんだよ……」

迷いをぼそりと口にし、タオルケットを頭から被った。

普段、寝つきはいいほうだ。鹿川は静かに風呂に入っている。鹿川を泊まらせて緊張するかと言ったらそうでもない。ふてぶてしいな僕も、とちょっと笑って慣れた枕に頭をつけると羊を数えるまでもなく、だんだんとうとうとし、夢の世界へと漂っていく。

ふわりと温かい感触が背中に触れてきたのは、きっと夢の中の出来事だ。

シャンプーのいい香りがする。大きな手が腰に回り、引き寄せられる。

「……海里くんは意外と無防備だな。生殺しの気分だ」

低い囁きも夢だろう。薄れていく意識で腰に置かれた手はそのままにした。

髪をくしゃりとかき混ぜる指先だって夢の中のものなのに、どうして胸がこんなにも疼くのだろう。

とくとくと胸が鳴る。起きて背後を確かめたい。けれど眠いものは眠い。今日だってバイトだったのだ。

指先の真意を確かめるのは諦めて、海里はやわらかな眠りに引き込まれていった。

「おはよう、海里くん。そろそろ起きたほうがいいんじゃないかな？」

声をかけられてぼうっと目を覚ます。視界に映ったのはブルーのルームウェアに身を包んだ鹿川だ。

「おはよう……ございます」

枕元で充電していたスマートフォンを確かめると朝の五時。早番の日はいつも起きる時間帯だ。それにしたって鹿川も早い目覚めじゃないだろうか。

「……早いですね、もう起きてたんですか」

「うん。バイトだと言ってただろう。今朝は俺がなにか作ってみようと思う。きみはシャワーを浴びておいで」

そう言われてふらふらと身体を起こす。眠りは充分に足りているが、まだ温もりの残る布団の中にいたかった。

もう一度タオルケットを被りたい欲求をなんとか抑えてバスルームへ入り、ざっと頭から熱いシャワーを浴びる。

いつも目覚めはいいほうなのに、今日のこのふわふわした感じはなんなのだろう。

眠っている間、ずっと楽しい夢を見ていた気がする。起きたあともなんとなく口元がほころんでしまうような。具体的な内容は思い出せないが、何度も誰かに頭を撫でられた夢の断片は記憶に残っている。

髪を洗う間に自分でもやってみるが、愛おしさが滲み出る指先は再現できない。

所詮夢なのだし。まぼろしはまぼろしだ。

そう割り切れるころにはすっきりと目が覚めていた。

タオルで頭を拭き拭き部屋に戻ると、台所に鹿川が立っている。じゅうっと油の跳ねる

POSTCARD

東京都千代田区
神田三崎町2-18-11

二見書房
シャレード文庫愛読者 係

通販ご希望の方は、書籍リストをお送りしますのでお手数をおかけしてしまい恐縮ではございますが、**03-3515-2311までお電話くださいませ。**

<ご住所> □□□-□□□□

<お名前> 様

＊誤送を防止するためアパート・マンション名は詳しくご記入ください。
＊これより下は発送の際には使用しません。

TEL	職業／学年
年齢　　　代	お買い上げ書店

Charade愛読者アンケート

この本を何でお知りになりましたか？

1. 店頭　2. WEB（　　　　　）　3. その他（　　　　　　　　　　　）

この本をお買い上げになった理由を教えてください（複数回答可）。

1. 作家が好きだから（小説家・イラストレーター・漫画家）

2. カバーが気に入ったから　3. 内容紹介を見て

4. その他（　　　　　　　　　　　　　　　　　　　　　　）

読みたいジャンルやカップリングはありますか？

最近読んで面白かったBL作品と作家名、その理由を教えてください（他社作品可）。

お読みいただいたご感想、またはご意見、ご要望をお聞かせください。

作品タイトル：

ご協力ありがとうございました。

お送りいただいたご感想がメルマガに掲載となった場合、オリジナルグッズをプレゼントいたします。

音が響き、菜箸を忙しそうに動かしているが、どう見ても苦戦しているようだ。

背後からひょいっとのぞくと、フライパンには溶いたたまごが広がっている。すでにあちこち焦げ始めているのをおもしろく眺め、「やりますよ」と言ったのだが、「もうできる」と返ってくる。

「勝手に冷蔵庫を開けてすまない。たまご焼きとトマトサラダ、トーストにしようと思う」

「じゃ、僕はパンを焼きますね」

買い置きの六枚切りが入った袋から二枚取り出し、トースターにセットする。

甘塩っぱい匂いのせいか、自分でもちょっと可笑しいぐらい機嫌がよかった。

簡単に作るなら目玉焼きにすればいいのに。

慣れない手つきでもたもたとたまご焼きを作る男のうしろ姿をなんとはなしに見つめ、チンと鳴って飛び出してきたトーストを二枚の皿に載せる。バターとブルーベリージャムを冷蔵庫から取り出す間に、鹿川はトマトとレタスをざくざく切っている。

器に盛られたそれらがちゃぶ台に運ばれたときには、思わず声を上げて笑ってしまった。

「見事に焦げてますね」

「面目ない……」

白い皿に形の崩れた、たまご焼き。同じく白いボウルにざく切りのレタスとトマト。

「あ、スープが必要か?」

「インスタントのポタージュスープがあるからそれにします」

急いで電気ケトルで湯を沸かし、カップに粉末を入れ湯を注ぐ。

不器用に盛られた料理を見ていると、なぜか胸が温かくなる。

「いただきます」

「はい、どうぞ」

照れくさそうな鹿川がトーストにジャムとバターを塗ってさくりと齧る。

「旨いな、このジャム」

「ですよね。スーパーのプライベートブランドなんですけど、気に入ってるんです。……あ、たまご焼き、ちゃんと出汁(だし)が利いてる」

美味しいと呟くと鹿川がぱっと顔をほころばせた。

「スマートフォンで作り方を調べた。白だしと塩、すこしの砂糖を加えたんだ。見た目は悪いが、口に合ったかな？」

「うん、ちゃんと美味しいです」

トーストにたまご焼きを乗せてぱくりと頬張る。バターと相まって甘塩っぱくて美味しい。ざく切りのサラダには塩ドレッシングがかかっていていくらでも食べられる。

誰かに食事を作ってもらうなんて、施設以来だ。それからはずっと自分で作ってきたから、鹿川の男料理がやけに美味しく感じる。

急いでいる朝だからぱぱっと食べ終え、食器を片付けようとすると「俺がやっておく

よ」と言われた。

「今日の俺はきみの使用人だ。なんでもやっておくよ。帰りは夕方かな？　夕食も俺が作ろう」

「いいんですか？　外に食べに行ってもいいんですけど」

「せっかくのアピールタイムだからな。できるところを見せてもっときみに好きになってもらわないと」

じゃあお言葉に甘えて、と出かける支度を整える。

「行ってきますね」

「ああ、気をつけて行ってらっしゃい」

あとを追ってきた鹿川は玄関先でハグをしてきて軽くキスをしてくる。

ちゅ、と可愛らしい音のキスが猛烈に恥ずかしい。恋人と決まったわけでもないのに朝からキスで送り出されるなんて。

バタバタと靴を履き、海里は外へと駆け出ていった。

「どうしたの海里くん、今日ご機嫌だね」

「え、そうですか？」

「ずっと口元がほころんでる。めずらしい」

　バイト仲間の吉川に指摘されてふわっと頬が火照る。

「そ、そうですか？　……べつにそんなこともないと思うけど」

「いやいや、俺はひとの感情の機微には敏いよ。なんたって三歳の子持ちだからね。なにが言いたいのか訴えたいのか、顔を見ればすぐわかる。なんかいいことあった？」

　シングルファザーの吉川は明るく、子ひとり親ひとりの大変な生活だとは思うが、いつも朗らかだ。つねに冷静でいるよう努めている海里とは真逆の性格なのだが、そこが逆にいいのだろう。店長に言われる前にさっと動くところが似ているので、働きやすい相手だ。

「いいことっていうか……いやべつに。朝食が美味しかったぐらいですかね」

「お、いいことじゃないか。俺も自炊が得意だよ。きみにはうちの幹生のことでいつも世話になっているよね。海里くんさえよければ今度うちにごはんを食べに来ないか？　幹生も喜ぶ」

「お邪魔じゃないですか」

「幹生はひと見知りしない性格だから大丈夫だよ。で、今朝のメニューはなんだったんだ」

　コーヒーチェーン店のカウンター内で皿洗いをしている彼に小声で囁かれ、カップを拭いていた海里はかすかに耳たぶを赤らめる。

「正確に言うと自炊ではなくて……あるひとに食事を作ってもらったんですけど、それが焦げ目のついたたまご焼きで」

「へえ、美味しかった？」

「……はい。見た目は悪いけど、味はよかったです。僕が施設育ちなの、吉川さん知ってるでしょう？　施設を出てからずっと自分で料理を作ってきたんで、正直、ひとにこしらえてもらえるとは思ってなくて。レタスも大雑把に切ってあってておもしろかった」

「なーんだ、すごくいい話じゃないか。さては、とうとういいひとができたのかな？　相手はベータ？　オメガ？　それともまさかのアルファ？」

「いいひとってわけじゃないですけど、まさかのアルファです」

ぼそりと呟くと、吉川は目を瞠って「おお」と声を上げる。

「アルファと結ばれるなんてラッキーじゃないか。運命、感じた？」

「どうなんでしょう……悪くは、ないと思うんですが……」

「もう、――した？」

ちいさなちいさな声を拾い、腰の奥が疼く。

吉川もオメガなので、アルファとの結びつきのよさは知っている。彼の子ども、幹生はベータ男性との間にできた子なのだが、ライフスタイルの不一致で別れたらしい。いつか再婚するんですかと聞いたことがあった。『いまは幹生を優先したいから、俺の恋はまだ先かな』と笑っていた。

スマートフォンで写真を見せてもらったことがあるが、吉川に似て元気いっぱいな笑顔を見せる愛くるしい子だった。

　自分も、彼のように子どもを成せる身体だ。いつの日か、この腹に新しい命を宿す日が来るのだろうか。

　アルファとオメガの性行為はただ激しい快楽を求めるだけではない。統計的に、アルファ同士の男女からアルファの子が生まれやすいのは当然として、アルファとオメガとの組み合わせでも妊娠するとアルファが生まれやすいのだ。だから一部のアルファの中には、希少なオメガを相手にセックスを無理強いする者もいるらしい。

　お互いに数がすくない個体だから、どうしても血を繋げたいと躍起になる者もいるのだろう。

「……一度だけ、しました」

「なんか声が暗いね。まさか無理にされたとか」

「違います。同意です」

　そこは鹿川の名誉のためにも言っておきたいところだ。

「じゃ、なんで浮かない顔？」

「なんていうか……すごくいいひとで、親切で……身体の相性も抜群だと思うんですけど、いろんなことが急に始まったのですぐに飽きられそうだなって」

　吉川は余計な口を挟まず、うんうんと相づちを打っている。きっと、我が子の話を聞くときもこんな感じなのだろう。

「不安なのはわかるよ。俺だって前のパートナーとは一生添い遂げるつもりでいたからね。でも、幹生ができて相手が変わってしまったんだ。どうしても子どもが愛せないタイプでさ、なにより仕事を最優先しちゃうひとだった。俺の見る目がなかったのも悪かったけど……でも、いまは幹生を授けてくれて感謝してる。子どもの成長を毎日見られるしあわせってなにものにも代えがたいよ」

「大人ですね、吉川さん」

「海里くんは、子ども欲しい？」

直球を投げられて一瞬言葉に詰まった。

考えたことがなかったわけではない。将来は施設の職員になりたいのだから、子どもは大事にしたいと思っている。それとはべつに、自分の子となったらどうだろうか。

無意識に平らかな腹にエプロンの上から手を当て、「どうなんでしょう」とこぼす。

「縁が、あれば」

「縁なんて自分で作っちゃうもんだよ。確かに未来のことを考えると不安ばっかり先立つかもしれないけどさ、たったいまの楽しさを満喫するのだって大事だよ。昨日までハイハイしていた子が今日になって摑まり立ちする瞬間を見られるみたいに」

「吉川さん、ほんと子煩悩(こぼんのう)ですよね」

くすりと笑って拭き終えたカップを籠に戻す。

そんな話を日中にしたからだろうか。夕方になって家に戻るとき、やけに緊張していた。

「おかえり、海里くん」

「ただいま……戻りました」

部屋の扉を開けると、ぱたぱたと足音を立てて鹿川が出迎えてくれた。

見慣れない紺のエプロンを着けている。足元も新品のクリームベージュのスリッパだ。

「それは？」

「スーパーで買ってきたんだ。スマートフォンでこの近くのお店をいろいろ調べてね、今夜の食材と一緒に店頭でエプロンとスリッパがセール価格で売られていたんで買ってきた。二泊三日のゲストとはいえ、裸足で歩くのは悪いと思って」

「べつにいいのに。気にしなくて……あ」

靴を脱いで上がると床がさらさらしている。丁寧に掃除された直後なのだ。

ふふ、と鹿川が自慢げに胸を張る。

「家中掃除してみた。床拭きもしたし、畳もから拭きした。全部ネットで調べてみたよ。ああ、もちろんきみの私物には一切触っていない。押し入れも開けてない」

「一日中掃除してたんですか？　仕事は？」

「やり終えたよ。そもそも土日はできるだけ休むようにしているんでね。二、三電話で打ち合わせしてメールを書いただけ。今夜の用件はもうなにもない。きみに手料理を食べさせるだけだ」

そんなに嬉しそうに言わないでほしい。自然と口元がほころんでしまいそうなのをぐっと堪える。

この完璧に近い大人の男がぞうきんを絞り、跪いて床一面を拭いているところを想像したらなんだか可笑しい。そして、まだ形にならないふわりとした温もりが胸にこみ上げてくる。

「疲れただろう。風呂場もぴかぴかにしておいた。先にお風呂にするか？　それともすぐにごはんの支度をしようか？」

「お風呂、入ります。今日忙しかったんで、汗をかいてしまって」

ありがとうございますとぶっきらぼうにつけ足し、定位置にデイパックを置く。

テレビがボリュームを絞って点いていた。開いた窓からは気持ちのいい夕方の風が入り込んでくる。いい天気だったから、部屋の中も綺麗な空気で満たされていた。

深呼吸して、狭いながらも居心地のいい我が家を見回す。その中には自然と鹿川の体香も混じっていて、なぜだか安心する。たかだか一日二日でもうなじんでしまったらしいことに苦笑して、Ｔシャツの裾をつまんでパタパタとはためかせた。

「お先に、風呂いただきますね」

「ゆっくりどうぞ」

にこにこと鹿川が頷くのを見て、胸がやけに逸る。

替えの下着と服を持って脱衣所に閉じこもり、ああもう、と呻き、頭を抱えて床にしゃがみ込んだ。

不覚にも、可愛いと思ってしまった。歳上の男なのに、やることなすこと律儀でマメで、尽くしてくれる。

どうにか気に入ってもらおうと懸命なのだろう。それぐらいの機微に気づかないほどばかじゃないから困る。困るのだ。

これまでとくに恋人が欲しいと思ったことはなかった。それよりも、しっかり自立して、なんとか施設の職員になって自分と同じような境遇にいる子どもたちの助けになりたいと考えていた。恋なんかにうつつを抜かしている場合ではないのだ。

頭ではそう思うが、今日、吉川に『子ども、欲しい？』と訊かれたことが胸に残っている。

他人の子を守りたいと思うぐらいなのだから、自分がもしも子どもを産んだらどうなってしまうのか。

片時も目を離せなくなってしまうのではないか。

愛しすぎて夜も眠れないいんじゃないだろうか。

親のいない身にしてはきちんと躾けられて育ってきたけれども、こころの底では無償の愛というものをいつか知ることができるんじゃないかとかすかに夢見ている節がある。そんな脆さがいやで、いままでひとりも恋人を作ってこなかった。

自分の子どもならともかく、恋人はつまるところ他人だ。そんな相手に全身で寄りかかったらいくらなんでも鬱陶しがられる。最初のうちは仲睦まじく過ごしても、やはりひとりになりたいときだってあるものだ。そのタイミングが、自分に読めるかどうか。ひとの感情には鋭いと自負しているけれども、身もこころも預け切った相手に素っ気なく突き放されたらと思うと怖くて恋なんかできない。

「……臆病だな、僕は」

そうだ。結局は臆病者なのだ。強がって、意地を張ってなんとか体裁を取り繕っていても、甘えたときに無視されることに怯えているから最初の一歩が踏み出せない。

なのに、鹿川はそこを突き破ってきた。

運命の番だと言い、花嫁になってほしいと言い、部屋にまで押しかけてきた。

一緒にいて窮屈だったらすぐに追い出していただろうに、幸か不幸か、彼は邪魔じゃない。空気を読むのがうまいのか、天然なのか。商社の取締役という肩書きが似合わないほど献身的で、海里の帰りを一途に待ってくれていた。

「困るんだよ……」

なおも呻き、よろよろと立ち上がって服を脱いで風呂に入る。

のぼせるほどに湯に浸かってから部屋に戻れば、鹿川が麦茶の入ったグラスを渡してくれた。

「ずいぶんと長風呂だったな。疲れがすこしは取れたかな」

「ええ、まあ。……綺麗に掃除してくれてありがとうございます。椅子も桶もつるつるでした」

「うん、風呂場の洗剤もいろいろあって悩んだんだが、店員さんにおすすめを聞いて選んだんだ。でも、もともときみだって綺麗好きだろう。汚れがひどいところなんかほとんどなかったよ。あ、夕食はきみの真似をしてハンバーグにしてみた。初心者でもこれならできるかなと思って」

「レシピ、ちゃんと見ました？」

「見た見た。スマートフォンで熟読して、スーパーで危うくひとにぶつかるところだった」

「なら、お手並み拝見といきましょうか」

可愛げのないことを言ってしまうのは照れくささを隠すためだ。

「早速焼こう。きみはちゃぶ台で待っていてくれ」

「僕もなんか手伝いますよ」

「ごはんも炊けてるし、ポテトサラダもできてる。スープはコンソメでパセリを浮かべる。完璧の布陣だ」

メニューだけを聞いていればなかなか立派なものだ。

目を離しても大丈夫だろうかと思うが、つまらない言葉でやる気を削ぎたくない。それに、一回座布団に落ち着いたらとろとろと疲れがこみ上げてきた。

ちゃぶ台に頬杖をつき、狭い台所で立ち働く鹿川のうしろ姿を見つめる。

トン、トン、ドコッ、ズダン。

タマネギをみじん切りにしているのだろうが、物騒な音に笑ってしまう。たぶん殻が混じったのだろう。ボウルにたまごを割り入れたらしいが、「あっ」と声が上がった。たぶん殻が混じったのだろう。菜箸でちまちまとそれを取っていたり、挽肉を丁寧に捏ねていたりする様子を眺めていたら、しだいに視界が狭くなっていく。

外から入ってくる爽やかな風が頬をやさしくくすぐる。コンソメのいい匂いが漂ってくるうちに意識がとろとろと蕩けていった。

——こういうの、なんかいいな。

こころの底で眠っていた理想の家庭が浮かび上がってくる。海里にはけっして得られなかったものが。

両親共働きで、それぞれができることをやる。互いに得意な料理を作り、食後のお茶を飲んでデザートを食べながら一日の出来事を話す。そこでは、『そろそろ子どもが欲しいね』『もう作っちゃおうか？』なんて話題も上ったりするかもしれない。自分の両親もそんな話をしてくれていただろうか。それとも戯れに身体を重ねた結果か。

——子ども。僕にもいつか子どもが。

「……海里くん、海里くん」

肩を揺すられたことで、はっと目が覚めた。

つかの間、うたた寝していたようだ。

「もう寝るかい？　夕飯できたけど」

ふと見ると、ちゃぶ台には皿や茶碗が並んでいる。

「ハンバーグ……もうできたんだ……」

「ああ、できた。上出来だと思う。ひと口食べて寝るか？」

「……いえ、ちゃんと食べます」

「用意しよう」

鹿川がうきうきした顔で箸を置いてくれた。彼のぶんは、また割り箸だ。

白い皿には目玉焼きを乗せたハンバーグがほかほかと湯気を立てている。いつも味噌汁を入れている椀に、コンソメスープが入っていた。それに、大盛りのポテトサラダ。どう見ても四人前はあるんじゃないだろうか。

「多いですね、これ」

寝起きでまだうまく回らない頭でくすくす笑うと、鹿川が恥ずかしそうに頬をかく。

「いろいろレシピをあさったんだが、作りやすいのが四人前からだったんだ。残してくれて構わないから」

「食べますよ。いただきます」

まずはハンバーグをひと口。目玉焼きの端っこは相変わらず焦げているが、ぎりぎり半熟だ。黄身を箸で突き刺すとねっとりと流れ出してくる。ハンバーグを切り分けようとしたが、固い。

「焦がしましたね？」

「……すこし」

鹿川はもじもじし、自分は箸も取らずにじっと海里を見守っている。

表面がカリカリのハンバーグを囓ると、意外にも中はジューシーだ。肉汁がたっぷりあふれてきて、タマネギの甘みがちょうどいい。黄身を絡めて食べるとなんだか懐かしい味がした。

「……美味しい」

「ほんとうか？」

「昔、施設で食べていた味に似ています」

「そうか。きみの想い出に近づけたんだな」

よく見れば、彼の左手の人差し指と中指に絆創膏（ばんそうこう）が貼られていた。きっと、具材を切っているときに刃先が掠ってしまったのだろう。

「大丈夫ですか、それ」

「うん、たいしたことじゃない。ジャガイモの皮を剝いていたときにうっかりピーラーがすべった」

「もう、気をつけないと。……美味しいですよ、ほんとうに」

鹿川が目を輝かせ、やっと食べ始めた。

「うん、確かにちょっと固いが……あ、中はまあまあかな」

「ハンバーグを作ったの、初めてですか？」

「お恥ずかしながら。口に合わなかったら残していいから」

彼は何度もそう繰り返すけれど、せっかく作ってくれたのだ。見た目多少悪くても味は美味しいし、なによりも、彼みたいなアルファが自分のために台所に立ってくれたという事実がほんのり嬉しい。

次にコンソメスープ。これはインスタントを使ったから味が安定している。

ほっと息をついて大盛りのポテトサラダに箸を伸ばした。

やわらかな感触に口元をほころばせ、目一杯頬張った。レシピどおり正確に作ったのだろう。マヨネーズの酸味と塩加減がちょうどいいし、でこぼこしたジャガイモやニンジン、しゃきしゃきしたタマネギの食感が楽しい。コーンも入っていた。

「これは上出来です。美味しい」

「よかった……」

胸を撫で下ろす鹿川もポテトサラダを口に運び、頬をゆるめた。

「店で食べるのとは段違いだが、……これはこれであり、かな？」

「ええ、しっかりとした家庭料理ですよ。鹿川さん、自炊の才能あるのかも」

ごはんはややゆるめだ。水が多かったのだろう。それでもおかゆとまではいかなかったので、ハンバーグと一緒にかき込む。

「ポテサラ以外は八十点……七十五点かな」

「厳しいな。精進するよ」

「また作る気ですか？」

「もちろん。きみが笑顔で『美味しい』って言うまで腕を磨くよ。次は和食にチャレンジしてみる」

「和食は僕の得意料理ですよ。と言ってもほんとうに家庭料理ばっかりですけど」

「最初に食べさせてくれたハンバーグはとびきり美味しかったもんな。今日の俺のとはレベルが違う。あれはもっとふんわりしていて、ほどよい焦げ目だった。ほかにはなにが作れる？」

「煮付けとか……肉味噌とか、五目ひじきとか、筑前煮も好きですけど。あとは焼き魚があればいいかな。肉ジャガも旨いですよ。ジャガイモをほくほくさせて、タマネギや豚コマはやわらかく。ニンジンとインゲンも彩りよくみりんで照りをつけて、甘さ抑えめにする。そうするとごはんとよく合うんですよ」

「聞いてるだけで腹が減る……」

鹿川が大げさに呻き、腹を押さえる。

「いま食べたばかりでしょう」

「次にここへ来たときに作ってもらえないだろうか。ぜひ食べてみたい」

「まあ……、いいですけど。作ってもらってばかりじゃ負担ですし」

素直になれないのが我ながらもどかしい。自然な甘え方を知らないのだ。とりあえずすべて平らげて、「ごちそう様でした」と箸を置いて、食器を片付ける。食べたあとすぐに洗いたいのだ。放っておくと米粒が茶碗にこびりついてしまうのを避けたいし、ちゃぶ台を綺麗にしたい。

すぐに鹿川もついてきて、隣で食器を拭いてくれた。

「こういうの、いいな」

微笑む鹿川が皿を布巾で丁寧に拭いて食器置きに伏せる。

「なんだか……その、新婚みたいだ」

「ちょっと、なに恥ずかしいこと言ってるんですか」

「俺はきみを花嫁として迎えるつもりでいる。でもいまの状況だと花嫁修業をしているのは俺のほうだな」

結婚したいというのはやっぱり本気なのか。

確かにすでに一度身体を重ねているし、部屋にも上げている。用心深い自分にしては破格の扱いだ。

彼ほど紳士的で気が利き、やさしい男だったら他にいくらでも相手がいるだろうに。対して自分が少し他のひとよりも自信がある部分を挙げるとすれば、オメガならではのやや影のある整った顔立ちぐらいなものだ、特徴的なものとしては。性格は尖ってるし、笑顔もすくない。やさしくされても素直に受け取れないところがなんとも可愛くないと思う。

――だって、愛し方を知らない。

施設のスタッフにはほんとうによくしてもらった。いまでも感謝している。だがそれはやはり仕事上のものであって、親が子に与えるような無償の愛とは違う。それさえも知らない自分が、胸を焦がすような恋や愛を持てるのだろうか。

そしてその相手に、鹿川はなろうとしているのか。

ちらりと横目で彼を見やり、骨張った大きな手に視線を落とす。

この間、この手が身体中をまさぐってきた。それでいて、髪をくしゃくしゃとしてくるときもある。

彼の手の感触を思い出したら、不意に身体の奥にずくんと刺激が走る。

どうもいけない。鹿川と一緒にいるとヒートが乱れてしまう。発情期は三か月に一度来るものなのに、こうも調子が崩れると鹿川の言う運命の番という言葉が真実味を増してくる。

食後の緑茶を淹れてちゃぶ台に戻るものの、うまく言葉が出てこない。

普段の仕事でも客と話し込むことはそうない。個人経営の店ならカウンター越しに話に花を咲かせることもあるだろうけれど、海里が勤めているのはチェーン店だ。早い客なら十分程度で帰っていく。客に素早いサービスを提供するため、挨拶はしても、それ以上の会話はほとんどない。客が帰ったあとは皿洗いやテーブル拭き、店内清掃もある。その場合、たいてい無言だ。

話しかけられればそつなく応える自信はあるが、自分から話題を振るとなるとどうか。

あらためて、鹿川との差を感じる。

ある日ふらっと店にやってきて、花嫁になってくれと言う。身体の相性はいい。いまのところ、合うのはその一点のみかもしれない。鹿川が徹底した尽くし型ということをのぞけば。一方的に口説かれて正直悪い気分ではない。なにしろ、見栄えはいいし、性格もマメだ。

こんな男に愛されたらどんなにいいかと多くのひとが思うだろう。

しかし、意外な方向から解が飛んできた。

「俺はきみに会って、これまで縁のなかった自炊がぐんと好きになったな。想っている相手に美味しいものを食べさせたいという欲求がこれほど大きくなるなんて思わなかった」

「自炊……」

「ああ。仕事では外食がほとんどだし、家でも家政婦さんが作ってくれる。自分でちゃんとレシピを調べて、スーパーに買い物に行って、ひとつひとつ食材を選ぶのは想像以上に楽しかった。まだまだきみの足元にも及ばないけど、いつかは魚を自分でおろしたり、ミートローフなんかも作ってみたい。鶏の唐揚げなんかもいいな。海里くんは唐揚げ好きか？」

「好き、ですけど」

「なら、次は唐揚げにチャレンジしてみよう。スーパーで見かけたんだ。唐揚げ粉に漬けるだけで美味しくからっと仕上がるというやつを。ネットのレシピだといろんな調味料に漬け込むやり方も書いてあったが、俺は初心者だしな。とりあえず簡単なところから始めてみたい」

「……まあ、唐揚げ粉なら味は失敗しないですし」

自炊か。その共通項があったか。

彼はビギナーだが、伸びしろはおおいにある。初めて作ったポテトサラダがちゃんと美味しかったのだ。和洋中、なにが一番好きで作りたいのかはこれから知ることになるだろうけれど、せっかくだったら自分ではあまり作らない洋食がいいなと思ってしまう。

唐突に見えてきたふたりを繋ぐ糸に、胸がやけに騒ぐ。

たったいま、彼の手料理を腹に収めたばかりだ。それが血となり肉となり、海里を沸き立たせる。

ばくん、と心臓がひとつ大きく鳴った。

食欲が性欲に繋がるなんて、露骨すぎるではないか。これではこの前のパターンと一緒だ。

しかし昂ぶった鼓動は鳴り止まず、指先までちりちりしてくる。

——今日も、彼は泊まっていく。帰るのは明日。三か月の間試すと言ったのは自分だ。

無論、三か月を待たずに彼との縁を切るのもひとつの手だ。でも、一度身体の奥に植えつけられた熱がぶり返すようで、じっとしていられない。

「海里くん？」

黙って海里は立ち上がって彼の隣に行き、ぎこちなく腰を下ろす。

鹿川は驚いた顔をしているが、なにも言わなかった。

「……あの」

ごくんと唾を呑み、そろそろと彼の指に触れた。もう片方の手で湯飲みを摑んでいた鹿川が振り向き、顔をのぞき込んでくる。

「もしかして」

「言わないでください」

自分のことは自分が一番よくわかってるから。

視線を合わせるのがつらくて、瞼を伏せた。

鹿川が肩を抱き寄せ、頬擦りしてくる。

「……きみが俺と同じ気持ちだったら嬉しいんだが」

くちびるの脇にキスが何度も落とされ、じわんとした疼きがそこから身体中に染み渡っていく。早く、早く、くちびるの中を犯してほしい。またも発作のようなヒートに襲われてひと息に発情してしまう。のぼせた頭で彼の首に手を回し、キスをねだった。

「……ふ……ぁっ」

彼も火を点けられたのだろう。頭のうしろを抱え込んできて舌を強めにねじ込んでくる。たっぷりとした唾液をまとった舌に口腔内をかき回され、ひどく気持ちいい。じゅるっと啜られて舌をうずうず擦られ、「ん、ん」と息苦しく喘げばもっときつく吸われる。

「は……」

首筋を軽く食みながら鹿川の手がTシャツの下にもぐり込んできた。

「ま、待って、やっぱりもう一度シャワー……」

「いまのきみが欲しい」

ちゃぶ台を脇にのけて広げたスペースに海里を組み敷き、鹿川が覆い被さってくる。シャツのボタンを外す手が忙しない。彼も欲情しているのだ。すこしずつあらわになっていく素肌にちゅっちゅっとくちづけられて体温が上がっていく。苦しいほどに心臓が高鳴っていて恥ずかしい。それを確かめるように鹿川が左胸の乳首に吸いついてきた。抑え切れないのか、最初から強めにじゅっと吸われて、いやでも声が漏れてしまう。

「あっ、あっ、ん……っ！」

「きみは乳首が弱いんだな。この間もそうだった。ここを弄ると、すぐに感じてくれて可愛い声を出す」

「い、わないで——くだ、さい……っ」

乳首をまぁるく指で捏ねて、くにくにと押し潰す。

それだけで甘苦しい刺激が走るのに、根元をねじられてこよりのようにくりくりと揉み込まれると両足がばたついてしまうほどの快感がほとばしる。

「あぁっ、や、やだぁ、それ……！」

拒んでいるはずなのに声が甘ったるい。こんな声、自分のものではない。はしたなく乱れよがる己の姿を思い描いてかあっと全身が火照り出すが、そんなことも鹿川を煽るきっかけになるようだ。

指で愛撫した乳首がふっくらと腫れて突き出すと、今度は口に含んでクチュクチュと舐り回す。歯が食い込む感覚に身悶え、彼の頭を摑んだ。押しのけたいのか、もっと引き寄せたいのか、自分でもわからない。

「真っ赤に尖ってきた。美味しそうな色をしている……もっとしゃぶったら大きくなるかな？」

「な、りません、や、やだ、んっ、あぁ……っいい……っ！」

理性と本能の狭間で、いやといいを繰り返す。

天秤は本能に大きく傾いて、海里を快楽の水底に連れ込もうとしていた。

ぷくんと勃ち上がった左の乳首を弄りながら、右にもくちづけて同じように舐めしゃぶり、鹿川がピンと指先で弾いてくる。その強い刺激にびくりと身体が跳ねた。

「俺の手できみを変えてしまいたいよ。……俺なしじゃいられなくなるように」

「ん、ぅ、ん……あ、う」

ぽってりと色づいた乳首を捏ねながらも鹿川はゆっくりと顔を下ろしていき、ジーンズのジッパーを引き下ろす。途中で何度かぎちぎちと引っかかったのは、もう海里が感じ切っている証拠だ。

やっと下着を引き剝がしてもらえたときにはぶるっと肉竿がしなり出て、先端からとろりと蜜を垂らして臍を濡らす。

「若いな」

くすっと笑う鹿川に耳まで真っ赤にし、両手で顔を覆った。

「いちいち……言わないで、ください、……意地、悪い……」

「いちいち言いたくなるほど可愛いんだよ、きみは。俺をいいように煽ってくれる」

なだらかな腹から臍にかけても舌が這わされてぞくぞくし、硬く引き締まる性器の先端にそうっとキスされたときには達してしまうかと思った。

もちろんそれだけでは許されず、鹿川は肉竿の根元をぎゅっとわっかにした指で締めてきて、海里のそこの筋をくっきりと浮き上がらせてからひとつひとつ丁寧に舌先で舐め上げた。

「あ――ァ……ッ!」

二度目の口淫はより淫らでもっと露骨だ。海里の快感を剝き出しにするかのように亀頭からくびれにかけてすっぽりと咥え込み、浅く顔を上下させる鹿川の口内でぐちゅぐちゅと淫靡な音が響く。それが海里にも伝わってきて、畳の上で汗ばんだ身体を丸め、与えられる快楽をぎゅっと内に閉じ込めていく。

両腿で鹿川の頭を挟み込んだ。しっとりと汗で湿る内腿のなめらかさに鹿川がちいさく笑い、さらに深く咥え込んでくる。ぐっぽりと舐られてそのままじゅぽじゅぽと激しくしゃぶられるのがたまらない。

「だめ、だ、め……や、あぁ……っあ、イく、イっちゃ……っ！」

「出してくれ。何度でも」

「ん、んん、んーっ……！」

歯を食い縛っても内腿に力を込めても我慢できず、思い切り彼の口内に放ってしまった。

びゅくりと体内から飛び出していく熱い飛沫（ひまつ）を鹿川は厭（いと）わずに飲み込み、それでもまだ足りないのか、性器の根元まで垂れた残滓（ざんし）を舐り尽くす。

「この間より濃い気がする。すこしは俺に気を許してくれてるんだろうか」

「……わか、ん、な……い……」

はあはあと息を切らす海里の内腿に強く吸いついて痕を残す鹿川が、唾液と残滓を使ってうしろをゆるく撫でてきた。

そこはまだ固く締まっていて、指で押されても簡単には開かない。

「今夜はきみの全部が欲しい」

そう言った鹿川にくるんと身体をひっくり返された。腰を高々と持ち上げられてぶわっと体温が上がる。なんという浅ましい格好をしているのか。猫が伸びをするようなポーズを取らされて、腰骨をぎっちりと掴まれる。逃げられないように。

それだけでひくつく孔を、いま、鹿川はじっと見ている。背後の男の視線が突き刺さり、羞恥に腰が揺れてしまう。

「鹿川、さん、こんなの……っ」

「こうしたほうが舐めやすいし、きみの気持ちいいところを探しやすい」

薄い肉付きだが形のいい尻を両手で摑んで揉み込む鹿川が、ふうっと窄まりに息を吹きかけてきた。ひくん、と孔の奥が締まる。一度、彼を最奥まで咥え込んだ場所だ。もうなにも知らなかったころには戻れない。

ぎゅっと瞼を閉じて畳をかきむしるのと同時に、孔の周りを熱い舌が這い出す。

「あ……あ……あ……ぅん」

孔を指で押し広げられてぴちゃりとやわらかな舌先がくねりながら挿ってきた。

「んッ……く……！」

以前覚え込まされた快感が花開いていく。

うねうねとくねり込んでくる舌の動きがいやらしくて、すこし怖い。誰にも明け渡していない場所を鹿川には晒してしまう。自分でも弄らない場所なのに、彼の舌は我が物顔で海里の敏感な箇所を攻め立て、ねっとりと唾液を送り込んでくる。

「はぁ……っあ……あ……」

「ここがいいんだな？　じゃあ、指でも可愛がろう」

「う……っん……」

強く頭を横に振ったあと、欲しい気持ち一心でこくこくと頷く。

嘘だ、嘘だ、こんなに気持ちいいなんて。

自分のこころに振り回されて、身体のすべては鹿川に持っていかれる。

長い指が、挿ってきた。窮屈なそこをこじ開けるように慎重に縁を揉み込んでから、ぬちぬちと侵入してきて、時間をかけて上壁を擦り出す。

「アッ……！」

そこに触れられた瞬間、悲鳴じみた声が上がった。ひどく繊細で弱い場所を嬲る指は長く男らしく、鹿川自身を連想させる。

人差し指が上向きに胡桃大のしこりを見つけて、嬉しそうに探り回してきた。

「か、かが、わっ、さん……！　そこ、やぁ……っあ、あ、あ」

「いやだったらやめるよ」

「う、う」

指を引き抜かれそうになってきゅううっと締めつけてしまう。

「いやかい？」

孔をいたぶりながら鹿川が覆い被さってきて、耳元で囁く。

意地悪、意地悪だ。

すうっと指が抜け出ていくのを感じて、今度こそはっきりと頭を横に振った。

「……だめ」

「ん？」

「……っ、つづけて、くれなきゃ、……いや、です」

息も絶え絶えに呟いた。

彼はほんとうに意地悪だ、こんなことを言わせるなんて。

「ほんとうに可愛いな、きみは」

吐息を漏らした彼が耳たぶを囓ってきて、ぬぽぬぽと指を抜き挿しする。淫らな音を立てるそこはヒート特有の分泌物も合わさってしっとりと濡れ、男を受け入れる準備が出来上がっていた。

一度ヒートが始まると何度達しても飢える。これまではつたない自慰や強力な抑制剤で耐え忍んできたが、男に突かれる悦びを知ってしまったいま、海里の秘所はぐっしょりと濡れそぼち、徹底的に暴かれるのを待ち望んでいた。

「もう指が三本挿ってる」

「ん、っ、ん、も、……だめ、っほし、い……っ」

「わかった」

指が引き抜かれたあと、しばしの間があった。急いた様子の衣擦れが聞こえる。浅い息遣いも。鹿川も欲情しているのだとわかって頭が熱くなる。

自分の身体で興奮してくれていることが素直に嬉しいと感じた瞬間だった。

圧倒的なアルファが見せてくれる真の発情がたまらない。これは憂さ晴らしでも暇潰しでもないのだ。鹿川にとってもとっておきの時間で、いますぐ始めたくても、いざそうしてみたら終わるときがいずれ来てしまうのが惜しいと思っていることが伝わってくる。

ピークの時間をすこしでも先延ばししたくて、でも貪りたくてしょうがない——そんな感情の揺れを読み取り、目元が熱くなる。

いまだってだいぶ揺らいでいるのに、これ以上惹かれてしまったらどうなるのだろう。

まんまと彼の術中にはまって、花嫁となるのか。

それにはまだ早すぎる。たかが二度のセックスで自分の人生を決めてしまうなんて早計だ。

――でも、もっとのめり込んでしまったら。

「力を抜いて」

彼の声にも限界が滲んでいる。

「……はい」

ひたりとあてがわれた熱杭に喉の奥がひゅっと締まる。いきんではいけない。彼がなだめるようにやさしく腰骨を摑んでくるから努めて息を深くし、そのときを待った。

ぐうっと太く雄々しいものが押し挿ってきて、海里は四つん這いになったままで掠れ声を上げながら背中をのけぞらせた。

大きな切っ先がぐぐぐと肉輪を広げていく。

「っひ……！　あ、あ――ッぁあ……ふ……、　ふ……ぅ……っ……」

「……痛い、か？」

「ん、う、うん、あ、へいき、……っだから、もっと……あっあっ……！」

未熟なくせに火照って仕方ない肉襞を巻き込みながら太竿がぐぐぐと抉り込んでくる。

一度目のセックスは事故のようなものだった。

だけど、二度目のこれは自覚して海里から望んだ行為だ。

こんなにも強い発情は初めてだった。

相手に煽られて抱かれた最初のときよりも、遙かに気持ちいい。認めるのは悔しいが、自分のこころが鹿川に寄り添っているのだろう。

頑丈なほうだと自分では思っていた。身体もこころも。

しかし、鹿川と一緒に過ごすうちに、尽くされるたびにどうしたって彼にこころが傾いていってしまうのが止められない。

——僕のために慣れない料理までしてくれた。怪我すら厭わずに。部屋中綺麗にしてくれて——ただ僕を喜ばせるためだけに。

そんなことをしてくれるアルファがいるなんて思わなかった。選ばれたひとびとは傲然と振る舞い、他人に傅かれるのを当たり前に思っている。なのに、鹿川だけは違う。

海里をひと目で見抜き、欲し、愛したいと願っている。その突破口を開くためならどんなことでも厭わなそうだ。

「……全部、挿った。わかるかい？　ここが、きみの奥だ」

「ん、ぁ、ッあぁ……鹿川、さんの、お、っきい……」

「きみが好きだからだ」

幼い子どもに言い聞かせるように好きだよと何度も繰り返されて、ぼろぼろと涙がこぼ

れていく。つらいのではない。

嬉しくて仕方ないのだ。

逞しい雄をしっとりと絡みつく肉襞になじませたところで、鹿川が様子を見つつ動き出す。

「ン……――！」

「きつい、な」

欲しくて欲しくて、せつなげにきゅんきゅんと締めつけてしまうそこを鹿川が淫らに抉ってくる。先ほど指で散々弄られたところを太竿が擦り始めると、勝手に腰が揺れ、喉奥から甘ったるい声があふれ出す。

はぁっと背後で湿った吐息を漏らす鹿川がゆったりと抜き、また突き込んでくる。海里の身体を気遣っているのだろうが、もっと奥へと誘い込むように蠢く肉襞が自分でも憎らしい。

「もっと、……っつよく、して、いい、から……」

「だが、まだ二度目だぞ。きみがつらいんじゃ」

「つら、く、な……い、奥まで、きて……っう、んっ！　んんっ！」

「……あまり俺を煽ってくれるな」

低く呻いた鹿川が深く挿入してきて、自慰ではけっして届かない場所を突きまくってくる。ドギースタイルだから余計だろうか。

最奥をこじ開けられそうだ。秘膜にぐりぐりと亀頭を擦りつけてくる男がそのままじゅっぽじゅっぽと聞くに堪えない音を響かせながら激しく腰を振るってくる。

「ふあ、あ、っあぁっ、うん、っ、鹿川、っさん」

「気持ちよく、なってくれているか?」

「いい、すごく――あ、そこ、やだぁっ、いいっ、あっ、ん!」

突発的なヒートによってフェロモンが滲み出しているのだろう。その濃く甘い匂いに溺れるかのように鹿川が背後から食らいついてきて、ずるぅっと引き抜き、海里を正面から抱き直す。

「やっぱり顔が見たい。きみのイく顔が見たいんだ」

「んっ、ばか、や、やっ、あう、――もっと……!」

分厚い胸板に押し潰されて揺さぶられる。乳首をつままれながら突かれるとびりびりっとした刺激が駆け抜け、触られてもいないのにまたも下肢が爆(は)ぜた。さっきよりも濃いしずくがぴゅるっと飛び出して腹に散っていく。

足首をがっしりと掴まれて信じられないほど高々と抱え上げられ、あますところなく暴かれた。

彼のこめかみから汗がつうっと伝い落ちていった。それがたまらなく色っぽい。

――僕で欲情してくれてる。気持ちよくなってくれてる。

「も、も、だめ、おねがい、またイっちゃう……!」

「もうすこしだ」

なおも鹿川は腰を打ちつけてきて、思いあまったように海里の喉元に強く嚙みついてきた。海里も我慢できずに彼にすがりつき、背中に幾筋もの痕をつけて高みへと向かって昇り詰めていく。

「あ、あっ、あン、あぁだめ、イく……ッ！」

「く……っ」

ぎゅうっと最奥を絞り込んで脳内まで弾けていく快感に身を投げ出せば、鹿川が歯を食い縛ってどぷりと強い一滴を最奥に撃ち込んできた。続けてどくどくと脈打つものがはなたれ、襞の隅々にまで染み渡る。

まだ腿に力がこもり、彼の腰に絡みつけたままだった。強い骨の感触を味わうように内腿ですりっと擦り上げて潤んだ目で彼を見つめた。うまく息ができなくて、舌がもつれる。

「鹿川、さん……」

「まだイきたそうだな。俺もだ」

鹿川の飢えもまだ収まらないらしい。涙を睫毛に絡ませながら、海里は震えるくちびるを開いた。

「……キス、して」

覆い被さってくる鹿川がくちびるを貪ってきて、ゆるく腰を揺らし始めた。

目もくらむような絶頂は、まだいくつもありそうだ。

第四章

結局明け方まで抱き尽くされて、最後にはひとりでシャワーを浴びることもできず、すべて鹿川に任せっ切りだった。

かいがいしい彼は熱いタオルで丁寧に海里の身体を拭き、「もうすこし休んだら、俺が髪を洗ってあげよう」と言って額にキスしてきた。

「腰から下、感覚、ないです……」

「はは、すまない。途中から俺も我慢が利かなかった。なにか飲むかい？」

「冷蔵庫に麦茶、入ってます」

「わかった。持ってこよう」

彼のほうはもうすでにシャワーを浴びたのだろう。いくらか湿った髪のまま台所に向かい、慣れた感じで冷蔵庫を開けて麦茶のポットを取り出す。

「ほら、どうぞ」

グラスに満たした麦茶を運んできてくれた鹿川に、海里は片手をついて身体を起こす。

いつの間にか布団も敷いてくれたようだ。

　鹿川が背中を支えてくれたので麦茶を飲み干し、大きく息を吐く。冷えた香ばしい麦茶を飲んだらほろほろに崩れていた理性が舞い戻ってくる。

「……なんか、あの、……みっともないところたくさん見せてしまったけど……全部忘れてください」

「忘れるわけがないだろう。きみの最高に可愛いキスのおねだりはこれから先何度も夢に見そうだ」

「言わないでくださいってば」

　顔を赤らめてふいっと横を向く。空になったグラスを受け取る鹿川は笑っていて、壁に身体をもたせかけた海里の額にかかる髪をかき上げ、ちゅっと甘くくちづけてくる。

「きみのこころにすこしは入れてもらえたかな？」

　頷くか否定するか迷った末に、「……すこしだけ」と呟く。意識を飛ばしている間はあんなにもはしたなく快感をねだったくせに、正気に戻るとすぐこれだ。自分のことながらいやになるなと自己嫌悪を覚えるが、昨日今日でいきなり素直にはなれない。

　それでも、やさしく髪を梳く彼の手から逃れることはしなかった。

　濃密な二日間だった。鹿川に至れり尽くせり世話をされて、――このひとに嘘はない、信じても大丈夫だろうという想いが芽生えていた。

　なによりも、アルファなのに気取らないところがいい。そこはベータだってオメガだって同じことだ。自分の気持ちに正直で、誠実で、徹底してやさしい。

「あなた……誰にでもこうするんですか？」

「こうする、とは？」

「誰にでもやさしくするってことです」

隣り合って座る鹿川が困ったように眉尻を下げた。

「そこまで博愛主義じゃないな。ひと目で俺のこころを奪ったきみだからこそ、尽くしたい」

そんなことを言われると平静を装うことはもうできなくて、照れ隠しに瞼を伏せたが、彼の肩にこつんと頭をもたせかけた。

「海里くん」

「……すごく、気持ちよかった。あんなの初めてだった」

「こら。せっかくシャワーでなだめたのに、また襲ってしまうぞ」

「僕のほうが若いんですから、受けて立ちますよ。オメガなんだし」

軽口を叩くと、鹿川は微笑みながらも真摯な光を瞳に宿して微笑みかけてくる。

「きみがオメガだというのは事実だ。でも、それだけで煽られるほど俺もばかじゃない。仕事に真面目で、きちんとした生活をしていて、俺の下手な料理もちゃんと食べてくれた。そういう誠実なきみだからこそ惹かれたんだ」

海里が思っていたのと同じようなことを言う彼が肩を抱き寄せてくれたので、ぎこちなく身体を預けた。

温かな体温が伝わってくる。とくとくとした鼓動も。

ふたりともしばらく黙っていた。言葉にしなくても通じ合えるものがある。

「今度来るときは――」

鹿川の言葉を遮ったのは、無粋なスマートフォンの呼び出し音だ。

むっとした顔で、鹿川が布団の枕元に置いていたスマートフォンを手に取り、「もしもし」と低い声を出す。

「……真琴？　どうしたんだ」

『どうしたもこうしたもないよ！　二日も帰ってこないってどういうつもり？』

隣にいる海里にも大声が聞こえてきた。確か、鹿川の弟だ。相当のブラコンらしく、兄が週末外泊したことを責めているらしい。

「そううるさく言うな。好きなひとの家に泊まらせてもらっていただけだ」

『――好きなひと⁉』

電話の向こうから金切り声が響く。

海里も目を瞠っていた。

まさか、ここまであからさまに鹿川が言うとは思っていなかったからだ。

好きな、ひと。

好きなひと――海里のことを。

そう、鹿川は好きだからこそ海里を何度も抱いたのだ。もとを正せばアルファとオメガという相性のいい組み合わせではあるし、どうしたって発情したら見境なくアルファを誘惑してしまうけれど、そういう問題とはべつの次元で、鹿川は「好きなひと」と言った気がする。

途端に胸が高鳴る。じわじわと手足が熱くなり、頬もかっかとする。

ああ、まただ。また、自分が自分ではなくなっていくようなあの心許ない感覚に陥っていく。

聞き耳を立てるのはマナー違反だと思いつつも、ついつい気になってしまう。

『好きなひとってどういうこと。僕なんにも聞いてないよね』

「ああ、まだ言ってなかった」

『僕の大事な兄さんだよ？　どんな相手か知るのは弟として当然の権利だと思うけど。いま、どこ』

「それは——都内だ」

『都内のどこ。いまから行くから会わせて』

「待て。月曜の朝だぞ。俺はこれから仕事だ」

『だったら』

四の五の言う弟を懸命になだめる鹿川が困惑した顔で、ようやく電話を切った。そして深いため息をつく。

「……弟の真琴が、どうしてもきみにひと目会いたいそうなんだ。もしよかったら、時間をもらえるだろうか。もちろん、俺も同席する。挨拶だけすれば納得すると思うんだ」

「ずいぶん愛されてるんですね。僕は構わないですけど」

慣れてない甘やかな雰囲気から逃れられてちょっとほっとし、いつもの調子を取り戻して答える。

「今度の土曜はどうだろう。ランチを一緒にどうかな？」

「いいですよ。せっかくだからうちに来てください。あなたが選ぶお店は緊張しますから。僕がなにか作ります」

「了解。きみには俺がいる。安心してくれ」

やさしくキスしてきた鹿川が壁にかかった丸時計を確かめ、「もっとそばにいたいがそろそろ行かなきゃな」と言うので、「出かける準備、どうぞ」とうながした。

「朝食は僕が作りますから、あなたは支度してください」

彼は月曜のための出勤用のシャツを近所のクリーニング店に出していた。着替えもコンビニでそろえてきている。

「海里くんは？」

「僕は今日遅番なので。トーストとハムエッグとスープでいいですか？　簡単なものばかりですけど」

「嬉しいよ。朝からきみと食事できるなんて最高の一日だ」

終始甘い言葉を囁く鹿川に苦笑し、海里はまだどこか怠い身体を起こした。

その週の水曜にも鹿川はやってきて、蜜のような時間を過ごした。この日は身体を重ねず、のんびりと食事をしたあと、配信サービスで映画を観て、ああだこうだと感想を言い合った。

会えばセックスばかりするものと思い込んでいたから、これは意外な発見だった。鹿川はただただ一緒に過ごせればそれだけでも嬉しいようだ。

なにより、ともに台所に並んで調理するのが好きらしい。

自炊する楽しさや手間も分かち合えるのが新鮮なのだろう。

「そのうち面倒になりますよ」

憎まれ口を叩くと、「そんなことない」とやさしい笑みが返ってきた。

「レシピは無限にあるんだ。ひとつひとつ学んでいったら面倒なんて思わないさ」

「前向きですね」

その夜はエビとブロッコリーのラザニア、ボウルいっぱいのグリーンサラダ。それに鹿川がおすすめだという店のバゲットだった。

ラザニアも家で作れると驚いた鹿川が好奇心に満ちた目でエビの下処理をする横で、海里はブロッコリーを茹(ゆ)で、器の用意をした。サラダ菜とレタス、ミニトマトを盛り込んだボウルには塩ごまドレッシングをかけ、バゲットは斜めにスライスしてトースターで焼く。

熱々のラザニアに鹿川は感激し、「店で食べるのよりずっと美味しい」と顔をほころばせ、食器洗いまで手伝ってくれた。

その後は肩を寄せ合って映画を観、日付が変わりそうになるころ、彼は「今度の土曜は弟と一緒に」と約束して帰っていった。

鹿川の弟となると、間違いなく裕福なアルファだろう。それもだいぶ我が儘な感じの。海里の申し出により、鹿川はここに弟を連れてくるという。「きみと楽しく過ごしているところを弟にも見せられたら」と言っていた。

なにを着て出迎えればいいかかなり迷った結果、オフホワイトの七分袖のシャツにブラウンのクロップドパンツを合わせようと決めた。鹿川家は、大手商社の創業者一族なのだから、弟もきちんとした身なりで来るだろう。

それでも、なにを言われても真に受けない、と自分に言い聞かせる。

こちらがオメガだとわかった途端、軽蔑するような視線を向けてくる者はいまでもいる。そんなことにいちいち神経を尖らせていたらとうていこの身体では生きていけない。そもそも物心ついたころからひとりだったのだし、いまさら運命を呪うことはない。

「でも……」

鹿川が帰っていったあとの部屋は妙にがらんとしていた。

１ＤＫの狭い室内なのに、あそこにも、ここにも鹿川の名残があった。ふたり立つと狭い台所もやけに広く感じる。

たった二日間。四十八時間あまりを鹿川と濃密に過ごし、密に肌を触れ合わせた。目をやればどこでも相手が視界に入ることが鬱陶しいんじゃないだろうかと危惧していたのに、鹿川はするりとなじんでいた。そのうえ、消えない温もりを海里に、この部屋に残していった。

すこしでも気を抜くと彼のことばかり考えてしまうおのれを叱咤してバイトに出かけ、がむしゃらに働いて二日間を乗り越え、とうとう土曜日を迎えた。

その日は早朝から起き出し、部屋中を磨き上げた。どこをどう見られても恥ずかしくないように、たぶん真琴が足を踏み入れないだろう風呂場もぴかぴかにした。抜き打ちチェックされないとはかぎらない。むろん、台所やトイレ、窓の桟だって抜かりはない。

六月の晴れ間、二枚だけの座布団も朝から窓辺に干してふわふわだ。これは鹿川と真琴に使ってもらい、自分は畳に直に座ればいい。

畳の目に毛の一本も落ちていないように丁寧に掃除機をかけたあと、から拭きをする。台所の流しやレンジ、換気扇まで磨いたら汗が滲んだ。

昼過ぎに鹿川からスマートフォンにメッセージが届き、『夕方の六時ごろにお邪魔するよ。すぐにおいとまするからなにも気にしないで』とあったので、「せっかくだから夕飯を食べていってください。たいしたものは作れないけど」と返した。

恵まれた暮らしをしている鹿川はもちろんのこと、その弟となれば相当舌が肥えているはずだ。なにを出しても一流料亭やレストランには負けるとわかっていても、自分なりにもてなしたい。

さっとシャワーを浴びて買い出しに出かけ、スーパーでさてなにを作ろうかとさまざまな食材を眺める。

鹿川はなにを出しても美味しく食べてくれるが、真琴の好き嫌いはそういえば聞いていない。

「まあ、当たって砕けろだ」

スーパーの黄色い籠に新鮮なニンジンやレンコン、ゴボウ、里芋を入れていく。鶏肉とこんにゃくも。ついでにピーマンとツナ缶も入れた。

やさしい味の筑前煮と、ピーマンの緑が綺麗なツナ和え、大根と油揚げの味噌汁、ごはんという和風メニューで攻めることにした。

もしかしたらひとつも箸をつけてもらえない恐れもあったが、構わない。どれも保存がきくおかずだから、あまったら自分が食べればいいだけだ。豪勢に天ぷらでも作ろうかとも一瞬思ったが、それこそ料亭の味には負けるだろう。だったら得意料理で挑んだほうがいい。

早速家に帰ってエプロンを着け、下ごしらえを始める。ニンジンとゴボウは乱切りにし、レンコンは薄く切って水にさらす。里芋は慎重に皮を剝いてぬめりを取る。こんにゃくはスプーンでひと口大に抉り、鶏肉も食べやすいサイズに切り分けた。このへんは慣れているので、スマートフォンで好きなジャズを流しながらさくさくとこなしていく。

熱い鍋に油を引き、具材を炒めて調味料を加え、中火で待つこと十分。その間にピーマンを細切りにしてレンチンし、水気を切ったツナと出汁を和える。小鉢に盛りつければ立派なごはんのおともだ。

途中何度か味見をし、筑前煮に煮汁がしっかり回っていることを確認してから火を止めた。

味噌汁もごはんもできている。食器類は念のためを考えて四人分ほどそろえているから万全だ。

壁の時計を見ればもう五時半。急いでもう一度シャワーを浴び、さっぱりした肌に洗い立てのシャツやパンツを身に着ける。

それでも頬が熱く火照っていた。やはり多少は緊張しているのだろうか。

六時過ぎに、部屋のチャイムが鳴った。

扉を開ければ笑顔の鹿川が立っている。背後に細身の男を従えて。

「こんばんは海里くん。我が儘を言ってすまないが、弟を連れてきた」

「どうぞ、入ってください。ごはん、食べましたか？」

「いや、まだだ」

「だったら用意しましたので食べていってください。その、――弟さんも」

そう呼びかけると、鹿川のうしろから目を瞠るほどの美貌の男が顔をのぞかせた。艶のある黒髪に切れ長の瞳、通った鼻筋、形のよいふっくらしたくちびる。顔立ちこそは鹿川と似ているのだが、身にまとう空気が違いすぎる。

ネイビーのブレザーとグレイのスラックス、ストライプのタイという、都内でも有数の名門校の制服姿である彼は鋭い鞭のような一瞥をくれ、くちびるを歪ませる。

「おまえが兄さんをたぶらかした奴？」

じろりと睨めつけられて、さしもの海里も真顔になる。

「こら、真琴。海里くんはおまえよりも年上だぞ。口の利き方に気をつけなさい」

「だって所詮オメガでしょう。僕たちとはまったく違う世界に住む人種だ」

綺麗な顔をしてつらっと憎たらしいことを言う。これはなかなか手強い相手だ。

「とにかく邪魔するよ。……うわ、ボッロい部屋。なにこれ、ひとの住むとこ？」

海里の脇をすり抜け、さっさと靴を脱いで部屋に上がった真琴が部屋を見回して呆れた声を上げる。

「こんなところに住んでる奴っているんだ……驚きだよ。これキッチン？　うちのトイレぐらいしかないいんだけど。おまえ、ほんとうにここで寝起きしてるの？　壁も畳も古すぎ」

「安いアパートですからしょうがないです。でも、ひとりだったらこれぐらいがちょうどいいんですよ。陽当たりもいいし、日ごろから綺麗にしておけば住み心地は……」

抜群ですという言葉を遮り、真琴がずかずかと奥の和室に入り、ちゃぶ台と座布団を見下ろして腰に手を当てる。

「どう言おうともボロすぎ。兄さん、本気でこんな牢獄みたいなところに二日間もいたの？　正気じゃないよ。全部合わせたってうちの玄関にもならない」

「失礼なことを言うんじゃない。とても温かでくつろげる部屋だぞ。ほら、突っ立てないでおまえも座りなさい」

「あの、僕、料理を出しますね」

「ああ、じゃ俺も手伝おう」

鹿川が笑顔で言った途端、「えーっ！」と非難じみた声が聞こえた。

「待ってよ兄さん。兄さんが台所に立つなんてあり得ない。だいたい、そいつの料理を食べるなんて本気？　こんな薄汚い部屋で？」

「真琴、いい加減にしなさい。海里くんは自立した立派な大人できちんとしたひとだ。料理だってどれも美味しい。ひと口でも食べてからなにか言いなさい」

厳しい顔で諌める鹿川に、真琴はむうっとふくれっ面をする。その顔を見ると、生意気盛りの十七歳なんだなと実感できて、余裕が出てきた。

真に受けない、真に受けない。

呪文を胸の裡で繰り返し、筑前煮を温め直し、器に盛りつけてトレイに載せて運ぶ。鹿川も味噌汁や茶碗を運んでくれた。

「……なにこの茶色いの。僕、洋食派なんだけど」

「おうちで和食は食べませんか?」

「食べるけど、こんなに地味じゃない」

どこまでもひねくれている真琴はうさんくさそうな顔で座布団にどっかと腰を下ろす。手伝う気はまるでなさそうだ。

傅かれて当然という立場にふさわしい尊大な態度だが、五歳も下なのだと思うとさほど腹も立たない。接客業をしていれば、さまざまな人間に出会う。いい客もいれば、面倒な手合いもいる。コーヒーチェーン店とはいえきちんと「ありがとう」と礼を言ってくれる客、無言で小銭を投げつけてくる客。なんだかんだと難癖をつけてくる客もいるので、そのすべてにひとつひとつこころを揺り動かされていたら仕事にならない。

真琴はちょっと厄介な客だと思うことにし、いつもの冷静な態度で対応することにした。

料理がぎっしりとちゃぶ台に並び、鹿川にも座布団をすすめる。

「きみが家主なんだから。座布団は海里くんが使いなさい」

「いえ、鹿川さんたちは大切なお客様だし。僕のことは気にせずどうぞ。昼寝のときは畳にごろ寝するぐらいだし」

「そうか? じゃあ……」

陽に当たってふっくらした座布団に恐縮した様子で腰を下ろした鹿川が、照り艶のいい筑前煮の大皿に鼻先を蠢かせ、「美味しそうだな」とやっと微笑む。

「手が込んでる。こんなに旨そうな煮物が家でも食べられるなんて最高だな」

「いつもの料亭で食べるほうがずっと美味しいと思うけど」

ふんと鼻を鳴らす真琴は腕組みをし、箸を手に取ろうともしない。そんな弟に構わず、鹿川は「いただきます」と嬉しそうに頭を下げ、真っ先に筑前煮に箸を伸ばした。

「ん、レンコンがシャキシャキしている。里芋は……ねっとりしていて旨いな。ニンジンも甘い。ゴボウもいい味だし、鶏肉もぷりぷりだ」

ひと口食べるごとにごはんも味わう鹿川が料理を褒めそやし、弟の真琴は不満顔だ。

「これは？」

「ピーマンのツナ和えです。お酒にも合いますよ。今日は車ですか？」

「いや、電車で来た。もしかしたらきみのところで飲むかもしれないと思って」

「だったら鹿川さんにはビールを出しましょうか？」

「ぜひお願いしようかな。ああ、どれもこれも美味しくてごはんが進むな。もったいないから俺が真琴のぶんも食べてしまおう」

「ちょっと。誰も食べないとは言ってないけど」

焚（た）きつけられると黙っていられない性格らしい。割り箸を持ったものの、こうした家庭料理には慣れていないのだろう。眉間に皺（しわ）が刻まれている。

「無理しなくていいですよ。おうちで出されるもののほうがずっと美味しいだろうし」

「食べてやるだけありがたく思いなよ」

可愛げのないことを言いながら、真琴がおそるおそる筑前煮のこんにゃくを口に運ぶ。

黙々と咀嚼するのをじっと見守り、海里もゴボウや鶏肉を食べる。自分で言うのもなんだが、上出来だ。濃すぎず薄すぎず、上品な味に仕上がったと思う。

真琴は続けて鶏肉をつまみ、じろじろと眺め回した挙げ句にようやく口に入れた。

「庶民の味。僕は行ったことないけど、定食屋とかで出るのってこういう感じなんじゃないの？ 見た目が綺麗じゃないし、器も味気ない」

「味はどうですか？」

真琴は神妙な顔をし、ごくんと嚥下する。

「……いたって平凡」

ばっさりと切り捨てた真琴はそれ以上食べようとせず、箸を置く。慣れない味つけでは仕方ないだろう。自分にとってはうまくできたと思うのだが。

ふんぞり返る弟を気にせず、鹿川は缶ビールを美味しそうに飲み、ピーマンのツナ和えを食べてはうんうんと頷いている。

「さっぱりしていていくらでも食べられそうだな」

「お弁当のおかずにもいいんですよ」

「それはいい。今度ぜひ海里くんと一緒に弁当を作ってみたいな」

外野に置かれているのが気に食わない真琴が苛立った顔で、「ちょっと、ねえ」と身を乗り出してきた。

「こんなのどこでも食べられるようなものばかりじゃない。兄さん、舌が鈍（にぶ）ったの？ うちの家政婦のまかないよりも質素だよ」

「食べたことがあるのか？」

「まさか」

「俺はよくいただくぞ。普段食卓に上るかしこまった料理も確かに旨いが、彼女のまかないはふっと肩の力が抜ける美味しさなんだ。海里くんの料理とちょっと似てるな」

扱いにくい弟をさらりといなし、大根と油揚げの味噌汁とごはんをお代わりする鹿川は食欲旺盛に大皿料理を平らげていく。

そのことに内心ほっとし、海里も箸を進めた。

「……美味しい」

「ああ、ほんとうに」

視線を絡めてくる鹿川が甘やかに微笑んだことで、ちりっと耳たぶが熱くなる。

鹿川はとんでもなくやさしい。そして、そこに偽りは一ミリもない。こころから海里の料理を美味しく感じているからこそ、茶碗の米粒ひとつも残さず食べ尽くしてくれた。

それでも多めに作った料理はいくらかあまった。

「もう一膳お代わりしようかな」

「大丈夫ですよ。残りは僕が明日のお弁当に詰めます」

「いちいち弁当を作るなんてほんっと貧乏くさい」

「真琴」

ため息をついた鹿川が「失礼なことを言うのはもうよしなさい」と窘める。

「俺の海里くんを侮辱するのはいくら真琴でも許せないぞ」

「俺の……？」

眉根をぎゅっと寄せ、不快そうな顔をする真琴が乱暴に立ち上がる。

「兄さんはこのオメガに騙されてるだけだよ。フェロモンにあてられてるだけ。家庭的な一面を見せて気を引くなんて古典的なやり方に僕の兄さんがまんまと引っかからないでよ」

思っていた以上の重度のブラコンだ。

十七歳になっても『僕の兄さん』か、とため息をつく。しかし、その率直さがどこか羨ましかった。

真琴は歳の離れた兄をこころから愛しているのだろう。ともに過ごしてきた年数は、海里よりも遙かに長い。鹿川の調子から見ても、たったひとりの弟を可愛がってきたに違いない。

——それが、僕に出会ったことで運命が変わった。

たとえ深い愛情で繋がれていても、兄弟は兄弟だ。一線を越えることはできない。

——でも、もし鹿川さんが他の運命に出会っていたとしたら？

ずきりと胸が痛む。

その痛みはいままでに感じたことのないものだった。

鹿川が弟の反対に負けて去るという選択肢はまだ想像がつくが——自分以外の運命の番を見つけていたら、いや、この先に見つけてしまったとしたらと思うと言い知れない不安が胸に渦巻く。

番としてもしもうなじを噛まれたら契約が成され、オメガはそのアルファに生涯を捧げることになる。けれど、アルファには自由がある。気ままに過ごして飽きたら一方的に契約を解除し、他の運命を探すことができるのだ。

そんなことは最初からわかっていたことだが、あの甘やかな二日間を彼とともに過ごし、胸にしっかりと鹿川が棲み着いてしまった以上、彼が他の者に目を移すなんて想像したくない。

捨てられてしまったら。飽きられてしまったら。

どうしようもなく怖い。

それが率直な心情だ。

途端に胸が重くなり、退路を断たれた気分だ。うまく言葉が出てこない。

真琴は不機嫌そうだし、鹿川も顔を顰めている。

気まずい空気が重たくて、「……あの」と切り出した。

「今日はこのへんでお開きにしませんか？　僕も休みたいので」

「ああ、なら片付けを……」

「大丈夫ですよ。自分でやります」

せっかくの鹿川の申し出をやんわり断る。眉を下げた鹿川になにか言いたかったが、いま衝動に任せてしまえばどんな言葉が飛び出してくるかわかったものではない。

「真琴さん、むさ苦しい部屋に来てくださってありがとうございました。もし次にいらっしゃってくださったら、美味しい洋食を用意しますから」

「僕の口に合うとは思えないけど」

顔を背けた真琴が口ごもる。

海里の憂えた顔に気づいた鹿川が、弟の背を押して玄関へと向かっていく。

「とても美味しいごはんをごちそう様。ろくに手伝いができなくてすまない。次回はちゃんとするから」

「……はい」

「じゃあ、また」

気遣うように鹿川が頬にくちづけてくる。それを目の当たりにした真琴がぎょっとした顔になり、次の瞬間耳たぶまで真っ赤に染めていた。

「兄さん、行くよ!」

「わかったわかった。……おやすみ、海里くん」

「おやすみなさい」

ふたりを送り出してぱたんと扉を閉めれば、しんと静まり返る。

そのまま海里は玄関にゆっくりしゃがみ込み、膝を抱える。

「……僕以外の誰かにこころを移したら……？」

自分でも持てあます感情の行き場をどうしたらいいのだろう。

自分は、どうしたいのだろう。

鹿川が胸にどんどん食い込んでいる。

番。

花嫁。

彼から提案された選択肢がいくつも頭に浮かぶが、もっと大切なことを忘れている気がする。

部屋に上げて一緒に料理し、抱き合うこともした。最後まで。この身体を開いたのは誓って彼だけだ。

与えられた快楽は凄まじいもので、意思とは裏腹に身体が暴走してしまう。

「……でも」

オメガじゃなかったら、アルファじゃなかったら、普通はもっといろいろ手順を踏むのではないだろうか。

はっと思い当たって、ちゃぶ台に駆け寄り、置きっぱなしのスマートフォンで『結婚』『番』と検索し、類語を探す。

そこにはこうあった。

恋人。恋ごころ。

「こい、びと……」

面(おも)はゆいが、これが一番欲しかった答えだ。

胸が弾むこの気持ちを、恋ごころというのか。

こころにさざ波が立つ。けっしていやなものではなく、ひと匙(さじ)の不安を混ぜ込んだ期待だ。

いままで摑みどころのなかった自身の気持ちに答えを見つけた気分で、何度も何度もスマートフォンを見つめ直す。

恋人同士。鹿川と恋仲になる。身体の交わりだけではなく、このこころも明け渡してみたい。

「……鹿川さんと、恋人同士になりたい」

口に出してみると、甘酸っぱい想いがこころの奥底でむくむくと芽吹く。それはずっと萌芽のときを待っており、海里の遅い自覚によって突如新鮮な緑の葉を開いたかのようだった。

胸が疼いて、そわそわする。彼を思うだけで嬉しさとせつなさが交錯し、頭の中は彼のことでいっぱいだ。

恋人同士に、なりたい。

胸中でもう一度呟くと、途端に心臓が躍り出す。

第五章

いくつかの夜を鹿川と過ごしたが、海里はするりと彼の腕から逃げ出すようにした。アルファとオメガという最高の相性なのだから、すぐにでもベッドに誘えるが、恋ごころを確信したいま、ひとつひとつの行動や気持ちを自覚して鹿川に向き合いたい。彼は他のアルファと違う。がむしゃらに肉体を欲するのではなく、一緒に料理を作ったり映画を観たり、穏やかな時間もともにしているのだ。そんな鹿川をもう一度きちんと受け止めたい。

「あの、……今日はちょっと疲れてるので」

その夜の食事後も言い訳をして彼の誘いを断ると、すこしがっかりした顔をした鹿川が、「そうか」と髪をかき上げる。そして、照れたような笑みを浮かべた。

「俺もたいがいがっつきすぎたな。無理をさせてすまない。今夜はゆっくり寝てくれ」

大人の男らしい振る舞いに胸がきゅんと疼く。

身体のもっと奥まで探られたのに、いまさら浮き立つなんて自分でも不思議だが、事実は事実だ。彼と恋人同士になりたいと考えたら、互いになし崩しに身体を繋げないほうがいいと考えたのだ。

もう一度最初から始めてみたい。

そんなふうに言ったら鹿川はどんな顔をするだろう。番とか花嫁とかこの際無視して、シンプルな恋ごころに従って惹かれ合っていくのだとしたら、どんな結末が待っているだろう。

帰っていこうとする彼を玄関まで見送り、「抱き締めてもいいか?」と聞かれた。

「それは……はい」

もじもじしながら頷くと、鹿川がふわりと長い腕の中に閉じ込めてくれた。そして額にキス。

くちびるにもくれるだろうかと思ったのだけれど、鹿川はそれで満足したようで、「じゃあ、また」と言って扉の向こうに消えていった。

ひとりになるとやけに寂しさが募る。それは日ごとにひどくなっていった。室内から彼の存在が消えると、急にこころ細くなる。彼と出会うまではずっとひとりだったのに。寂しいと感じることもほとんどなかった。

部屋のそこここに鹿川の温もりや匂いが残っていることに焦れったくなる。もどかしい、落ち着かない、せつなくてしょうがない。

一から始めるなんてばかなことはいますぐやめて彼を呼び戻し、強く強く息もできないほど抱いてもらえばいいのに。

「でも……我慢しなきゃ」

彼の目線、仕草、感触、振る舞いのすべてを思い出すと息が切れてきてつらくなる。

下肢にどくどくと血がなだれ込み、狂おしいぐらいの欲望が襲いかかってくる。ヒートまであと一週間。そろそろ本能を抑え切れなくなるころだ。

ここに鹿川がいてくれれば声が嗄れるほど抱き潰してもらうのに。

だが、それを蹴ったのは自分だ。

ばたばたと和室に戻って恥じらいながら下肢をあらわにし、畳に座る。

いきり勃った性器の先端はとろりとした蜜が恥ずかしいほどにあふれ出し、つうっと指をすべらせただけで背筋がぞくんと撓むほどの快感が駆け抜ける。

ついさっきまで鹿川がいた部屋。

自慰なんて久しぶりで、ぎこちなく肉茎を両手で握って擦り出す。根元から、くびれにかけて激しく。先走りによるぬちゅぬちゅと淫靡な音が部屋中に響き、たっぷりと蜜の詰まった双球をつんつんとつつくと、びりっとした刺激が走ってあっという間に放ってしまいそうだ。慌ててティッシュボックスを引き寄せて数枚抜き取り、亀頭に被せて喘ぎながら扱く。

ふと、鹿川の声と顔を思い出す。汗を滲ませながらこの身体をまさぐってきた長い指がどれだけ心地好かったか。自分ではけっして弄れない場所も、彼の好きにされた。

ぎゅんと体温が上昇し、窄まりまでひくひくする。もう我慢できない。

「ん、んん、……あっ、あっ……！」

どぷりと跳ね出る愛蜜がティッシュをじっとりと濡らしていく。はあはあと息を切らし、情欲を放ったばかりの下肢を見やる。まだがちがちで、窄まりの奥は苦しいほどに蠢いていた。

「……ん……」

指を挿れてかき回してしまおうか。鹿川がくれる快感にはほど遠いだろうけれど、すこしでも。そう思うが、自分でそこを弄るのはなんだか惨めな気がして、結局肉竿にもう一度指を絡める。今度は亀頭をねちねちと捏ね回し、蜜ですべりがよくなった竿をにゅるんと扱く。

『――何度でもイっていい』

耳元で囁かれた気がした。紅潮した鹿川の表情が瞼の裏に浮かぶ。

直接触れられているときは当たり前だけれど、こうしてひとりになったときですら彼が欲しいと思うのは初めてだ。

――こころに、棲んでる。鹿川さんが棲んでる。

身体のそこかしこをもっと触って、もっとその指で弄って、奥まで来て。

「ん――ふぅ……っあ……っ、ン、かが、わさん……かがわさん……っ！」

数度扱いただけであえなく達し、ああ、と息を漏らした。

イくときに名前を呼んだことで、ふわふわしていた想いがかちりと固まる。

精を吐き出したティッシュを丸め、力なく壁にもたれかかる。

一気に怠くなったけれど、胸はまだどきどきしていた。

鹿川さん。鹿川さん。

「……鹿川さん」

会いたい。会って抱き締めてもらいたい。髪を梳いて、背中をやさしく撫でてほしい。いつも抱き合うあとにするみたいに。

情欲が去ったあとはゆるやかな眠りがやってきて、彼の厚い胸の中で瞼を閉じるのだ。

いまはひとりきり。

くちびるを噛んでのろのろと起き上がり、風呂に入るために衣服を脱ぐ。

熱い湯の中でも、頭を占めているのは鹿川のことばかりだった。

膝を抱えてぎゅっと丸くなる。

ひとりで過ごしてきて、ふたりになって、またひとりになって、ようやくわかった。

目の奥が痛む。涙がつうっと頬を伝い、ぽたりと落ちて湯に溶けていく。

好きだ。鹿川が好きだ。

いま、自分は恋をしている。

自慰で気分を紛らわすなんてとうてい無理だ。ばかだなと散々自分をなじって熱い目元を拳で拭う。

焦れったい想いになんとか決着をつけて、鹿川に想いを告げたい。

次に会ったとき、思い切って告白しようか。

——僕も、あなたが好きです。


空に浮かぶ雲が大きく白くなる七月に入ってからも、鹿川とは会い続けた。ただし身体の接触は持たなかった。お試し期間はもう残りすくない。ここで海里が色よい返事をしなかったら、鹿川はすがりついてくるだろうか。それとも残念そうな顔をして去っていくだろうか。

そのどちらもいやだ。彼にそんな想いはさせたくない。

なぜだか、あれからヒートは訪れなかった。たまにこういうことがある。心身のバランスが狂うと、周期がずれ込むのだ。まあ、急いで来てほしいものではないし、よく効く抑制剤もある。

朝から晴れた土曜日、布団をベランダに干していると部屋のチャイムが軽やかに鳴る。急いで出迎えると、鹿川と真琴だ。ふたりそろってオックスフォードの七分袖シャツに、品のあるベージュのパンツを穿(は)いている。

今日も弟を連れていきたい、きみの温かさを知ってほしいと言われて了承した。

鹿川が好きだと自覚してからというもの、つねにせつなさと喜びが胸に同居していて、彼のことをもっと知りたいと思うようになった。

恋人同士になるのなら、鹿川の弟とも親しくなりたい。

真琴は断るかもしれないが、海里は迎え入れたかった。

「中へどうぞ。麦茶、冷えてます」

今日は昼食を食べてから行くと伝えられていたので、気楽にもてなすことにした。

裕福な真琴から見たら質素すぎる生活だろう。だからこそ、下手に飾り立てることはしなかった。とってつけた偽りはすぐにバレてしまうから。

「……布団、干してるの？」

怪訝そうな顔の真琴がベランダの柵を見やるので、「はい」と頷く。

「夕方にはふかふかになります。太陽の匂いもして気持ちいいんですよ」

「へえ……エコだね」

彼らしい嫌味を笑って受け流し、前もって焼いておいた紅茶のシフォンケーキと麦茶を出す。

ふわんと生クリームがトッピングされたケーキに目を瞠ったのは真琴だけではない。鹿川もだ。

「これはきみが焼いたのか？　お菓子まで作れるのか。すごいな」

「店で食べるのには劣りますけど、それなりに美味しくできたと思います。真琴さんもよかったらどうぞ」

好んで食べたがらないだろうなと思ったので、ちいさめに切り分けて真琴に差し出す。鹿川には大きめに。

早速鹿川がひと口食べ、「うん、旨い」と笑顔で頷く。

「よかった。簡単なわりには美味しいですよね」

「ほのかに紅茶の味がして、とてもしっとりしている。麦茶にも合うな」

こころからの賛辞を送ってくれる鹿川に微笑み、さあ弟はどう出るかと内心身構えた。

ケーキが載った皿をじろじろと眺めている真琴は、美味しそうに頬張る兄をちらっと見て、渋々といった様子で口に運ぶ。

その途端、ふわっと目が丸くなった。

「……ん……」

「美味しいか？」

弟の些細な表情の変化に気づいた鹿川が振り返る。真琴はふんと鼻を鳴らし、「べつに、普通」となんとも小憎たらしいことを言う。だけど、ゆっくりとではあるがケーキを食べてくれている。氷の浮かんだ麦茶も。

「……麦茶なんて、久しぶりに飲んだ」

「うちじゃあまり出てこないものな」

「これ、香ばしい……」

「パックじゃないんですよ。豆を煮出して作ってるので、香りがいいですよね」

「ふぅん……お代わり。喉渇いてるからだよ」

「はい」

ちいさな変化が嬉しくて腰を上げ、冷蔵庫からポットを取り出して真琴のグラスに注ぐ。

なにを喋るでもない。ただ三人でのんびりとケーキを食べ麦茶を飲み、窓から入ってくる心地好い風に髪が煽られる。

「すこし暑いですか？　クーラーつけますね」

食器を洗ってくれた鹿川に声をかけ、冷房のスイッチを入れる。冷えた空気が流れ出してきて、座布団でくつろぐ真琴も気持ちよさそうだ。

「こんなに暑いともうひと汗かきたくなるな。そうだ、俺が風呂掃除をしよう」

「ちょ、待って、兄さんが風呂掃除⁉」

せっかく穏やかな時間だったのに、またしても真琴が腰を浮かす。

「兄さんが風呂掃除って……ちょっと待ってよ。そういうのは家政婦が」

「この歳で風呂掃除もできないとか恥ずかしいぞ。……まあ、家では家政婦さんに任せてるけど。自分で掃除したあとの風呂は気持ちいいんだ、真琴もやってみろ」

「冗談やめてよ。なんで僕が！　……ちょっとぐらい美味しいケーキ食べさせてもらったからってそこまでしなくていいでしょう」

いかにもお坊ちゃん育ちな発言をして真琴が憤然（ふんぜん）と立ち上がり、「帰る！」とすたすたと玄関に向かっていってしまう。

「あ、真琴さん！」

「なに」

「お土産にケーキ持って帰りませんか？　よかったら、なんですけど」

気色ばんだ真琴は靴に足を突っ込んだまま黙っている。その隙にケーキをラップに包んで紙袋に入れて手渡す。

「どうぞ。お腹いっぱいだったら捨てて構いません」

「……ふん」

紙袋をひったくって真琴は足早に去っていった。

「真琴はほんとうに短気だなぁ……すまない」

「いいえ、ケーキ食べてくれましたし」

真琴は綺麗に平らげてくれた。気持ちが通じたかどうかいくらか不安だが、くよくよ悩んでも仕方ない。

「じゃ、さっさと風呂を洗うか」

シャツの袖をまくり上げる鹿川を止めようとしたが、俄然やる気になっている。

「きみは休んでいてくれ。お菓子作りまでしてくれたんだからな」

「あ、だったら僕も一緒に掃除します。狭い風呂場だけど、床掃除を僕が。鹿川さんがバスタブを洗うのはどうですか」

「いいな。共同作業だ」

Tシャツとハーフパンツに着替え、海里も風呂場に飛び込む。

扉を開け放して、あらゆるところに洗剤を吹きつける。綺麗好きな海里は掃除用のスポンジをふたつ持っているので、ひとつを鹿川に渡した。

いつも磨いているから大掃除というほどではないが、それでも床の目地を無心に擦る。壁や、椅子も。

鹿川はというとバスタブにしゃがみ込んで四隅を懸命に磨いていた。手足が当たる場所だから、ぬめりが一番気になるところなのだ。

手も足も泡だらけになっている彼を見たら、先ほどのうっすらとした不安がゆるゆると消えていった。

最後にシャワーで全体を洗い流し、ひと足先に外に出た海里が大判のバスタオルを鹿川に渡す。服はびしょびしょで、髪にも水滴が散っているのがやけに男っぽい。腰裏にずくんとした熱いものを感じて、彼からバスタオルを受け取り、背伸びをして頭を包み込んでわしゃわしゃと擦る。

「はは、嬉しいお返しだな」

「これぐらい、お返しでもなんでもないです。……いつも掃除や洗濯、食器洗いまでして……アルファのあなたは慣れてないでしょうに」

「きみに出会って、いろいろ学ぶことが多いよ。風呂掃除がこんなに楽しいとは思わなかった。洗い立てのバスタブに浸かったとき、自分で掃除したんだぞと満足感がある。食器洗いや洗濯もそうだ。――遅まきながら、海里くんに自立した生活というものを教わったよ。ありがとう」

やさしいまなざしの彼に頰にキスされたら、余計に我慢できなくなる。

うずうずする身体を擦りつけたくてたまらない。

ここ最近、誘いを断っていたから些細な触れ合いでも燃え上がりそうだ。

「あ、の……、服、濡れちゃいました、よね」

「ああ、そうだな。置かせてもらってるルームウェアに着替えるとするか」

和室に戻ろうとする鹿川の手を思わず摑んで引き留めた。

「海里くん？」

「服……脱ぐなら、その、手伝います、けど……べつに子ども扱いしてるわけじゃありませんよ。ただ、まだ身体が濡れていて脱ぎづらいかなって……」

じわじわと頰が熱くなり、どうしてもうつむいてしまう。

恋している相手だ。オメガなのだから発情するのが当たり前というのではなくて、自然なこころに従って鹿川を求めたい。

まだ言葉にする勇気が出ないので、なんとか握った指先に力を込めた。

鹿川がじっと見下ろしてくる。その視線が全身をくまなく舐め上げるようでつらい。いまにも快感が暴発してしまいそうで。

「かが……っ」

「俺に火を点けたのはきみだ」

低い声で言うなり鹿川が顋をつまんでくちづけてくる。それは鹿川にしては強引なキスだった。ぬるりと侵入してくる舌にすぐ絡みついてしまうおのれが浅ましい。ふらつく身体を知ってほしくて彼の首に両手を回し、背伸びをしてしがみつく。

「ん、ン、っふ、っ」

ちゅ、ちゅ、とくちびるを忙しなくついばんでうしろ頭を摑んでくる鹿川に髪をくしゃくしゃにされた。ねじり込んでくる舌から伝わる温かな唾液だけでヒートアップしそうだ。口腔内を荒っぽく犯されて息苦しさに喘ぎ、彼の広い胸にすがる。

舌全体でうずうずと擦られて凶暴な熱が腰の裏からずきんと突き上げてきた。

「は、ぁ……っあぁ……か、がわ、さん、も……う」

「布団を敷こう」

「……やだ、待てません」

ここでいいから。

ここでしていいから。

震える声でそう伝えると、鹿川が真摯なまなざしで射貫(いぬ)いてきて、なにを思ったのか海里をバスルームの中に連れ込み、壁に押しつける。そうしてしゃがみ込み、張り詰めたそこに顔を擦り寄せてきた。

「あっ、やだ、や、いきなりは、待っ……！」

胸からだんだんと愛撫されていくのだとばかり思っていたから、下着ごとハーフパンツを引き下ろされてじたばたともがく。しかし、ぶるっと熱く勃ち上がったものがあらわにされて鹿川の吐息がかかると身体からくにゃりと力が抜け、代わりに燃えるような息が次々にあふれた。

「こんなに濡らして……いけない子だな。ずっと欲情してたのか？　ヒートか？」

「ん、ちが、うけど……我慢でき、なくて……」

「それだけ俺にこころを許してくれているということか」

そうだ、そうだ。

叫びたくなる。

周期ごとの発情期なんか、関係ない。あなたがこの身体を暴き、こころを奪ったんだ。恋を教えてくれたんだ。ひとりでいることの寂しさを植えつけ、その温もりを欲しがるようになってしまったんだ。

「……あなたが……教えてくれたから」

潤んだ目で彼をじっと見つめ、その広い肩をぎゅっと摑んだ。

ここまで脆（もろ）くなるなんて、ほんとうにあなたのせいだ——あなたのせいで、僕はヒートじゃなくても身体を熱くさせている。

「……きみはほんとうに俺を変えてくれる」

「あ、あぁっ……！　ン——……！」

痛いほどに張り詰めた性器をぱくりと頰張られて、あまりの愉悦に背筋をぐんと反らした。

今日の鹿川は最初から容赦がなくて、先端のくぼみに舌先をぐりぐりと抉り込ませてくる。小孔から滲み出す蜜を啜り出されると胸が苦しいほどの快感がこみ上げてきて、じわりと目元が熱くなる。

鹿川に触れられてからというもの、感情が大きく揺れるようになった。それも変化のひとつだろう。前までは泣くこともなかったのに、いまはこうして焦らされるだけで啜り泣いてしまう。

鹿川は肉竿をゆったりと扱きながら亀頭をれろれろと舌で舐って、くるみ込み、じゅうっと吸い上げる。

「いい……っかがわ、さん、すごく、いい……」

蕩けそうな声に鹿川の口淫が深まっていく。はち切れそうなものを彼の口の中に出し挿れしているというだけで羞恥に身体が赤く染まり、いまにも達しそうだ。

「おね、がい、だから、あなたも……あなたも、僕の……」

だけど、自分だけではいやだ。ひとりで達するのは寂しい。鹿川も一緒じゃないと。

「僕の？」

双球を揉み込みながら浮き立つ筋にちろちろと舌を這わせて訊くなんて意地悪い。

感情が制御できなくてずるい、ずるいと泣きじゃくり、腰を揺らめかす。

「僕の、中に……」

「うん」

「……きて、ほしい……」

消え入りそうな声に鹿川がやさしく笑み、そのまま肉茎に強く吸いついてきた。

「あぁっ、あっ、や、も、だめ、っ、イっちゃう、から……っ」

「何度でもイっていい。きみが果てるまでつき合う」

「ンン……！　う、う、……っく……！」

どんなにくちびるを食い縛ってもせつない喘ぎはあふれてしまい、一気に高みへと昇り詰めていく。鹿川の熱い口内にどっと吐き出し、はっ、はっ、と肩を上下させた。

放ったものをごくりと飲み干すのを間近に見てしまい、またも硬くなる。そのまま勢いに任せて自分からくるりとうしろを向き、尻を高く掲げればいいだけの話なのだが、まだわずかなプライドが残っていてできない。

みずからそこを指で広げて、「ください」と言えばいいのに。

白濁を舐め取る彼のいやらしい仕草に見とれているうちに意識がかすんでいく。

「おねがい、だから……このままに、しないで……」

身体中めちゃくちゃにされたい。いっそばらばらになるほどに壊してほしい。そこから新しい自分を作り上げられるように。今度はもっと素直で、可愛い返事ができるような自分に。

そう胸の裡で願うのが伝わったのかどうか知らないが、鹿川がくすりと笑い、後孔を唾液で濡らした指で探ってくる。

「やわらかいな……自分でしたかい？」

「ん、……ううん、して、ない、できなくて」

快感でぼうっとのぼせている。

あなたにしてほしかったから、自分では触らなかった。未知の快感を教えてくれたのはあなただ。だから、自分でそこも弄って達するなんてできない。

可愛げのある性格だったら正直にそう言えただろう。

でも、どうしたって口にできないこともあるのだ。

そこが妖しくひくついていることに気づいた鹿川が、ん、と眉を跳ね上げて指を離す。

「え、……どうし、て……？」

「いや、……違うとは思うが……」

慎重にTシャツをまくり上げ、鹿川が胸を探ってくる。弄られてもいないうちからふっくりと腫れていたそこを指で揉んだりねじったり、ちろ、と舌で舐められることもされた。

そこまでするならいっそ貫いてほしいのに。

考え込んでいる彼の肩を揺すぶって、お願いだから続きをしてと全身で訴える。暴走した身体を操れるのは鹿川しかいないのだ。

「っ、かが、わ、さん」

「……今日はここだけで愛してあげよう」

そう言って、鹿川が再び性器を口に含み、舌で扱き上げる。高潔なアルファに口淫させるなんてと思うが、止めようにも止められない。

どうして抱いてくれないのか。

最後までしてほしいのに。抱き潰してほしいのに。

「いい子だから、俺の口で感じてくれ」

「も……ばか……！」

精一杯の激情をぶつけるように彼の髪をぐしゃりと摑んで引っ張る。これで彼が怒って襲いかかってくれればいいのに。

甘い舌の責め苦は止まらない。壁に背を預けて、海里は、ああ、と何度も喘ぎ、まっすぐ上を向く。クリーム色の綺麗な天井。鹿川が先ほど磨いてくれたばかりで、まだふわりとした湯気で包まれている。

やわらかで摑みどころのないこころの中で、海里は底のない快感にゆっくりと堕ちていく。

第六章

くらりと目眩を感じたのは店のフロアを掃除している最中だった。

貧血だろうかとモップを握り締めてなんとか体勢を整えたものの、ついで吐き気がこみ上げてくる。

「すみません、ちょっとこれ」

ちょうど脇を通った吉川にモップを押しつけ、小走りにバックヤードのトイレに走る。

「海里くん?」

心配そうな声も振り切って個室に飛び込んで鍵をかけ、洋式の便器に顔を伏せた。ひとしきり吐いて胃を空っぽにしたものの、まだ重苦しさが残っている。

なにかあたったのだろうか。朝食はフレンチトーストとサラダ、ミルク。それのどれかが悪くなっていたのかもしれない。

意識がぼんやりし、身体も熱い。

「海里くん、大丈夫か」

こんこんと扉をノックされて、内側から鍵を開けた。

「真っ青な顔してるな……どうした、急に具合が悪くなったか？」

「いえ……はい。気分が悪くて……でも全部吐いたから大丈夫です」

「無理するな。くちびるの色もないぞ。熱は？」

額に手を当ててきた吉川が眉を曇らせる。

「微熱があるな。夏風邪かな？　とにかく早退して病院に行ったほうがいい。発情期か？」

「……違います。来てません。遅れてるみたいで」

「どれぐらい」

「半月……一か月ぐらい、かな」

吉川が目を見開く。

なんとか息を深く吸い込んで吐き出すことを繰り返しているうちに落ち着いてきた。吉川が急いで持ってきてくれたオレンジジュースがとても美味しい。あっという間に飲み干し、ため息をつく。

「すみません、迷惑をかけて」

「そんなことない。いいかい、すぐに病院だ。いままでちゃんと発情期は定期的に訪れていたんだろう？　それが遅れているということはきみの身体に……」

そこで言葉を切り、吉川が真剣な顔をして肩を摑んでくる。

「頼む。俺の言うことを聞いて病院に行ってくれ」

「でも、吐いただけですよ。単なる風邪じゃ……」

「違っていたら？　俺が断定できることじゃないけれど、もしかしたらきみは――妊娠したのかもしれない」

「妊娠？　僕が？」

「ああ。相性のいいアルファと出会ったと言っていただろう。もしかしたら、という可能性はおおいにある。ただの夏風邪ならそれはそれで構わない。でも、なんとなく俺にはわかるんだ。きみと同じオメガだから」

妊娠。

まさかとしか言いようがない。

無意識に平らかな腹をさする。そこに新しい命が宿っているなんてとうてい思えないが、子を持つ吉川の言葉には強い力があった。

「……心配しすぎですよ、吉川さん。でも、わかりました。とりあえず病院に行きます。僕が抜けても大丈夫ですか」

「もちろん。いつも世話になっている恩を返させてくれ。ひとりで帰れるか？」

「はい」

頷き、よろけながら立ち上がる。まだ頭がくらくらしていた。

制服から私服に着替えてデイパックを背負い、心配そうなスタッフたちに見送られて店の外に出た。雲ひとつない青空が広がり、具合が悪くなくても熱中症になりそうだ。幸い、かかりつけの病院は店からそう遠くない。途中でペットボトルのミネラルウォーターを買い、日陰を探しながら歩いた。

前もって電話を入れていたので、すぐに診察を受けられた。

いつもにこやかな男性担当医がひととおりの検査をしたうえで、「すこし休んでいてください」とベッドに寝かせてくれる。

心地好い室温に保たれた部屋でベッドに横たわるとやっと楽に息ができる。急激に眠気が襲ってくるが、ここで熟睡するわけにもいかない。うとうとしながら担当医が戻ってくるのを待った。

わずかな時間、眠っていたのだろう。「真名さん、真名海里さん」とやさしく肩を揺すられ、はっと目を開く。白衣を着た担当医がそばの椅子に腰掛けていた。

「ああ、無理に起き上がらなくていいですよ。そのままで」

「すみません」

「真名さん、単刀直入に言いますね。妊娠されていますよ」

「……っ」

思わず言葉を失った。

「そろそろ三か月に入るころです。初めての妊娠でしょう?」

「は――、……はい」

「おめでとうございます」

笑顔の担当医がその後もいろいろと説明してくれたが、頭がふわふわし、なにがなんだかわからない。

ひとまず大事な時期であること。

身体に負担をかけないこと。

そして重要なことをもうひとつ。

「産みますか?」

穏やかに問われて、返答に詰まる。

ほんとうに命を宿したのだ。産む、産まないという決断がすぐに出るはずもない。

父親は、間違いなく鹿川だ。ここ最近、ヒートのバランスが狂っていたのもそのせいだ。

最初のセックスでもう決まっていたのだろう。あのとき、鹿川は『ゴムを着けよう』と言ってくれたが、それを拒んだのは自分だ。

逆らえない本能が、彼自身を本心から望んだということなのだろう。

「お大事になさってください。今後は定期的に検診に来てくださいね」

「……わかり、ました」

うたた寝をしたことで身体はすっきりしているが、まだ頭がぼうっとしている。

家に帰るまでの間、考えていたことはひとつだ。

鹿川に伝えるのか、伝えないのか。

「僕と、鹿川さんの子ども……」

薄い腹をかばうようにして部屋に戻り、座布団にぺたんと腰を下ろした。窓を全開にし、外からの風を入れる。ついでに扇風機も回した。ぬるい風が髪をなびかせる。

腹に手を当て、じっと考え込む。

運命だったのかもしれない。最初からたったひとりの番だったのかもしれない。熱心に口説かれてほだされ、追いつくように恋ごころがやってきた。

鹿川へだけの。

「子ども……」

ちいさな呟きを風が攫っていく。

ずっと、ずっとひとりだった。

絶対にいつか子どもが欲しいと思っていたのではないけれど、鹿川の子を宿したのだという事実に直面し、あらためておのれの身体の不思議さを思う。

一生ひとりなんじゃないかと思っていた。子どもができる体質だとわかっていても、産まないような気がしていた。

それでも、いま、この身体で命が育まれている。

腹に手を当てていても、なにも聞こえてこない。まだ時期が早いのだろう。

聞こえるのはとくとくとした自分の鼓動だけ。

窓のほうを向いて桟に肘(ひじ)をかけ、大きく息を吸い込んだ。

きらきらしたまばゆい夏の陽射しが降り注いできて、海里は目を細めた。

もしも、という過程だったが、もしも自分が子どもを産むとしたら想定したことのあるひとつのルートがあった。それはごく単純なものだ。

ある日あるとき誰かと出会い、互いに好意を持つ。そこからすこしずついろいろなことを知り、愛情を深めていき、食事をしたり、映画を一緒に観たり。くちづけから始まって、段階を踏んで身体を重ねる。妊娠しやすい発情期は慎重に過ごし、恋ごころが確かなものへと変わっていったら同居し、その先は——その先は、どうしていただろう。

思えば、鹿川とはすべてが初めてのことばかりで、順序が逆だった。

彼は海里をひと目で運命の番だと言い、花嫁にしたいとまでも言った。そしてその夜食事をともにし、足掻いても逃れられない熱に煽られて深いところまで溺れていった。

そうだ。あの夜が始まりだったのだ。

相性がいいかどうか三か月試してみますと自分は言った。

しかし、もう最初のセックスで運命は決まったのだ。

初めての夜、情熱的に抱かれたことを思い出してじわじわと頬が炙られる。

暑いなとひとり呟き、麦茶を取りに冷蔵庫を開ける。グラスに冷えた麦茶を注いで再び窓辺に戻り、青空を見上げる。

いま、鹿川はどうしているだろう。仕事の真っ最中か。知らない誰かと真剣に打ち合わせを重ね、談笑しているだろうか。それとも、ビジネスパートナーとランチミーティングか。

鹿川のことを想えば想うほど胸は甘く昂ぶっていく。

はじめからやさしかった。戸惑うほど甘やかされた。過保護と言ってもおかしくないぐらいに尽くされて、こころを揺り動かされないはずがない。いつでも笑顔で、裕福なアルファなのにつましいオメガの海里に寄り添ってくれ、ことのほか手料理を喜んでくれた。なにを出しても文句を言わずに食べ、「美味しかった」と満足そうに言われるのは想像以上に嬉しいものだ。

「鹿川さん……」

この胸に食い込んできたたったひとりの男。いくつもの痕を残していった男。

その男の子どもなら、産みたい。

頑張って産んで、きちんと育て上げたい。自分が感じてきたような寂しさはひとつも感じさせずに、溺愛したい。

もう、いまはひとりじゃない。お腹の子がいるのだ。

鹿川に黙って姿を消し、どこか遠くの地に移り住んでひっそり産むこともできる。

でも、と思う。

でも、いまは勇気を出したい。鹿川がこのことを知ってどう出るかまったくわからないが、妊娠したことは告げたい。

番だの花嫁だのと言っていたくせに、早くも子ができたと知ったらさしもの鹿川でも怖じ気づくかもしれない。

それとも——手放しで喜んでくれるだろうか。
いつか来る未来がすこし早まったんだと言って。
まだなにも聞こえない腹をさすっているうちに、こころが決まった。
ひとりじゃないということが海里の背を押してくれる。強く、強く前に。
前に進めと、夏の風が部屋を吹き抜ける。
海里はデイパックの中からスマートフォンを取り出した。
『今度の土曜日、大事な話があります。待ってます』
メッセージを送り、あとはただ微笑んでゆるやかな風に身を任せていた。

第七章

土曜日でいいのに、鹿川は金曜の夜にやってきた。それも息せき切って。

一応、電話で『いまから行ってもいいか？』と訊かれたので、「夕ごはん作って待ってますね」と返した。

今夜の展開がどうなるかわからないが、家庭料理を振る舞うことにした。

薄味のかぼちゃの煮付け、レンコンを鷹の爪でカリッと炒めたもの、五目ひじきを副菜にして、メインは豚の生姜焼き。それに大盛りのキャベツの千切り。厚切りのロースを買ってきて、鹿川の到着を待って焼くことにした。海里自身はあまり食欲がなかったので、生姜焼きはパスするとして、副菜をちょこちょこつまむことにする。

とくにレンコンの炒めものは大好きだった。熱したフライパンにごま油を垂らし、唐辛子を炒めて香りを立たせ、五ミリ程度に切ったレンコンを加え、砂糖少々、水、酒を大さじ二分の一、醤油を大さじ一入れて軽く絡めれば出来上がりだ。歯触りのいいレンコンは酒のつまみにも、いいおかずにもなる。ちょっとの砂糖と鷹の爪の相性がよくて、ついつい箸が進む一品だ。

妊娠初期なのだから今日は鹿川だけにビールを勧めよう。それが祝杯となるか、別れの酒となるかは博打だ。

生姜焼き以外をちゃぶ台に並べたところでチャイムが鳴った。小走りに迎えに出ると、

「こんばんは」と鹿川が笑顔を見せる。その手には花束があった。

「これをきみに」

「ひまわり……ですか？　綺麗だ、ありがとうございます。早速生けますね」

黄色の鮮やかなひまわりに顔をほころばせ、「どうぞ」と彼を部屋に上げる。もうすっかりなじんだスリッパに足を入れる鹿川が室内中に漂う美味しい匂いに鼻をひくつかせる。

「いい匂いだ」

言うなり彼の腹がぐうっと鳴るのが可笑しい。すらりとした青いガラス製の花瓶にひまわりを生け、ちゃぶ台に飾る。

「ジャケット、預かります」

「ああ、ありがとう」

彼がそわそわと脱いだジャケットを受け取りハンガーにかける。彼だけの匂いが鼻腔(びこう)をくすぐり、胸がきゅうっと甘やかに締めつけられる。こんな他愛ない仕草でも愛おしいと思う自分がまだすこし不思議だ。

「それで、大事な話というのはなんだろう」

「先にごはんを食べませんか。豚の生姜焼きの準備ができてるんですよ。ビールも冷えてます」

「いや、その前に聞きたい。仕事中気もそぞろだったんだ。頼む」

座布団に落ち着いた彼が身を乗り出してくるので、海里は視線をさまよわせたが、ひとまず缶ビールを冷蔵庫から取り出して彼の前に置いた。どっちに転んでも酒は必要だろう。

「あの、実は僕……」

「うん」

鹿川はちらりとも視線を外さない。間近で直視されるのが恥ずかしくて緊張する。声が震えそうだ。

「僕……」

「うん」

わずかにうつむいていた海里は勇気を振り絞って顔を上げ、彼と視線を絡める。

「子どもが、できました」

「……子ど、も」

「あなたの子です」

鹿川は絶句している。口をぽかんと開けたまま、視線は海里にまっすぐ向けられている。みるみるうちにくちびるがわななき、――しまった、怒り出すだろうかと怯んだ瞬間だった。

鹿川の赤らんだ目縁からほろりと涙がひとつこぼれ落ちる。

「やっぱり……」

啞然とする海里の前でいくつもいくつも涙が頰を伝い落ち、ついでぎゅっと抱き締めてきた。苦しいぐらいに、強く。

「鹿川、さん」

「ありがとう……海里、ありがとう。俺の勘違いじゃなかったんだな」

いまや鹿川はぼろぼろと泣いていた。海里の髪に顔を埋め、幾度もくちづけてくる。

「ほんとうに子どもができたのか？　ほんとうに？」

声が震え、この突然の告白を繰り返し確かめたいようだ。

「……はい」

「いままで生きてきた中で一番嬉しい出来事だよ。海里、ありがとう」

鼻を啜って鹿川がもう一度強くかき抱いてきた。

「この間きみの身体に触れたとき、もしかして……とは思ったんだ」

だから無理強いしなかったのか。とことんやさしいひとだ。

まさか彼が泣くなんて思っていなかったから、海里も釣られて涙を浮かべる。

こんなにも喜んでくれるとは。全面的に受け入れてくれるとは。

海里もおずおずと彼の背中に手を回す。

「三か月に入ったところ、らしいです……僕はその手の経験がなかったので、間違いなく、

……あなたの子です」

「うん、うん」

何度も頷く彼はまた新しい涙をこぼしている。それを人差し指で拭ってやると、照れたように泣き笑い、同じことを海里にもしてくれた。

「泣くなんて――子どものころ以来だ。俺ときみの子ができたんだな。ここに……」

そうっと大きな手を海里の腹にあてがってくる鹿川はやわらかな笑みを浮かべ、「ほんとうにありがとう」と繰り返す。

「最初に身体を重ねたときがきっかけだったんだな」

「たぶん。あのとき僕も避妊するのを断ったから……相性、よかったんですね」

「ああ、それは絶対だ」

愛おしげに目を細める鹿川が両手で海里の顔を包み込み、やさしいキスをしてきた。

「人生最大のプレゼントだ。海里、……産んでくれるかい？」

「あなたにもしも反対されても、ひとりでも産もうと思っていました」

「反対なんかするわけないじゃないか。大声を上げて踊り出したいぐらいだ！　海里、海里」

何度もくちびるをついばんできて、それでもまだ興奮が収まらない鹿川が鼻先をぐりぐりと擦りつけてくる。

「愛してるよ、海里。店できみに出会ったときからひと目惚れだった。どうしようもなく惹かれた。俺だけの番なんだと。そのあとで、ただただきみしか視界に入ってこなかった。ずっと好きだったんだよ海里。図々しく花嫁に迎えたいとも言って、こうしてきみのプライベートにまで入り込んでしまったが——好きで好きでたまらないんだ。きみも、これから生まれてくる子も生涯大切にすると誓う。いまこそ、プロポーズしてもいいだろうか?」

「……はい」

手を握り締められ、目縁を真っ赤にした鹿川が微笑む。

「俺と結婚してくれ、海里。絶対にしあわせにする」

「……お受け、します。僕も……あなたが好きです。最初は冗談かと思っていましたが、あなたと過ごすうちに、鹿川さんの愛情深さやなんでも楽しくこなすことを知って……こんなアルファもいるんだって驚きました。そのうち、僕もすこしずつあなたに惹かれていって……その、なかなか素直になれなくてすみません」

「そこがきみの最大のチャームポイントじゃないか。ツンと澄ましてるきみも、たまに見せてくれる笑顔も、こころ尽くしの料理も全部好きだ。今日からここに移り住みたいぐらいだよ」

「そんな、気が早いですよ。赤ちゃんが生まれてくるのはまだ先ですよ」

「そうだな。ひとまずはきみさえよければ俺の家族に紹介したい。弟の真琴のことなら大丈夫だ。俺がちゃんと説得する」

「また怒られそうですけど」

「真の愛は障害を乗り越える、だろ? 運命の番でなかったとしても、アルファじゃなくでもオメガじゃなくても、俺はきみを好きになっていたよ。それは間違いない」

力強く言って、またも目元を潤ませる鹿川に抱き締められる。今度はやさしく。

だから、海里もしっかりと彼の背中に抱きつき、鹿川だけの匂いを胸いっぱいに吸い込んだ。

このひとをこころから愛している。

そう自覚できるおのれを誇らしく思えた瞬間だった。

「そう言えば、お試し期間の三か月はちょうど明日で終わりだったな。答えは出たかい？」

いたずらっぽく瞳をきらめかせた鹿川に、海里はちいさく笑い、「もうとっくに」と呟く。

「あなたと——これからも一緒に」

第八章

「初めてお目にかかります、真名海里と申します。今日はお時間を割いていただきありがとうございます」

「俺が結婚しようと思っている海里くんだ」

堂々と言い切った鹿川に、品のある服をまとった鹿川の両親は唖然としている。その横にいる真琴ももれなく。

回りくどい言い方をせずに、「結婚」という二文字を繰り出した鹿川にふたりは顔を見合わせていたが、ややあってから顔をほころばせ、「そうなのか」と頷く。

「おまえもいい歳だものな。こんなに素敵な方を紹介してくれて嬉しいよ」

穏やかだと聞いていた父親は海里がオメガだとかベータだとか訊きもせずに、嬉しそうに頷いている。母親は厳しいという話だったけれど、どうだろうか。

鹿川邸は目を瞠る豪邸だった。世田谷区の一等地に居を構え、広大な敷地に瀟洒な二階建て、ゆったり散歩できそうな庭には大ぶりの桜や松、紅葉などが植えられ、驚いたことにプールまであった。成功を収めたアルファ一家というところだろう。

広々としたリビングのソファに腰掛けるシックなボルドーのワンピースを着た母親は微動だにしなかったが、まじまじと海里を見つめ、「……もしかして」と呟く。

「真名さん、妊娠してらっしゃるの？」

「は、――はい。鹿川さん……吉城さんとの、子です」

「え……」

真琴が目を丸くする。

「ありがたいことに、子どもを授かったんだ。順序が逆になったが、おめでた婚ということで了承してもらいたい」

「あなたって子は……」

艶やかな髪を結い上げた母親がため息をつく。これは大反対の兆しだろうかと一瞬身構えたものの、母親はふわりと微笑み、目縁を赤くする。

「そう、……そうなのね。いままでずっとしつこいほどにお見合いを勧めてきたのだけど、吉城は頑としてはねつけてね。あなたに出会っていたのね。そのうえ、もう子どもも授かるなんて。死ぬ前に孫の顔が見られるのね」

「まだそんな歳じゃないだろう。きみも僕も健康だし、長生きする家系だ」

父親が可笑しそうに笑う。

「吉城はやさしい子です。ただ、とても頑固なところがあるの。生涯の伴侶は絶対に自分で見つけると言い張って聞かなかった。わたしたちは家のことも考えて吉城にふさわしいお相手を探そうと奔走したのだけど、まったく相手にされなくて……このまま結婚しないつもりなのかしらと案じていたのが、こんな展開になるなんて」

きりっとした顔立ちの母親は目元をやわらげ、「ありがとうございます」と海里に頭を下げてきた。

「こうと決めたらてこでも動かない吉城が選んだひとなのだから、安心してお任せできます。海里さん、吉城はいろいろと世話焼きで面倒かもしれないけれど、根はいい子なので、どうぞよろしくお願いいたします」

思いがけない歓迎の言葉に挙動不審になりそうだが、素直に嬉しい。

「いえ、そんな——僕みたいな者を迎え入れてくださっただけで嬉しいです。ありがとうございます」

「ちょ、ちょっとなにいい雰囲気になってんの。兄さんが結婚？　子ども……？　僕聞いてないんだけど」

「真琴、俺のことは俺がちゃんと決める。おまえのことはもちろん愛してるよ。大切な弟だからこそ、海里との結婚を受け入れてほしい」

「無理だって！　だって僕の兄さんだよ！　僕だけの——」

「真琴、おまえもいい加減ブラコンを卒業しなさい。おまえにはおまえの道がある。いずれはおまえにも運命を越えた相手が現れるんだ。真琴が吉城を尊敬するなら、祝福してあげなさい」

「父さん、母さん……」

立ち上がり、いまにも地団駄を踏みそうな真琴がぎっと海里を睨みつけて、足早にリビングを出ていってしまった。

「あの子は分が悪くなると逃げ出すくせがあるな、昔から」

父親が苦笑交じりにため息をつく。

「俺が説得してこよう」

「あの、――もしよければ、僕が行きます」

海里は腰を上げ、真琴のあとを追うことにした。

「真琴さんと話してきますね」

「大丈夫か？」

「はい。真琴さんにもわかってもらいたいから」

リビングを離れ、どこへ行ったんだろうと長い廊下を見回す。見れば、広い庭に通じる窓が開いていた。

「真琴さん……？」

置かれていたサンダルを借りて庭をうろうろ歩くと、見事な枝振りを見せる桜の樹の下にぽつんと真琴が座っているのを見つけた。

「真琴さん、突然の話ですみませんでした」

近づいていっても、真琴は逃げようとしない。膝を抱え、ただうつむいている。

その隣にそっと腰掛け、しばし口を閉ざしていた。

濃い影を落とす桜は春に見事な花を咲かせるのだろう。この大きな樹に——家に、真琴は守られて育ってきたのだ。そしていま、愛する兄が独立して家庭を持とうということに戸惑いを覚えている。

「僕はオメガで、アルファのあなたたちにはふさわしくないかもしれません。でも、僕は吉城さんを大切にしていきます。真琴さん、あなたのことも」

真琴は黙っている。

「生まれてくる子のいいおじさんになってくれたらなと」

「おじさん……」

気が抜けたような声だ。

丸まっていた肩がさらに丸まった。

「十七歳なのにおじさんかぁ……」

はは、と力なく笑って、桜の樹に背を預けた真琴がわずかに顔を上げる。

「僕が生まれたときから、兄さんは最高だった。誰よりもやさしくて、忙しい両親に代わって面倒を見てくれた。頭もよくて立派で、なのにひとつも偉そうなところがなくて……なにより僕を一番可愛がってくれた」

「はい」

「……兄弟で結婚できないことは当然わかってたよ。……でもさ、もうちょっとだけ僕の兄さんでいてほしかった」

「それは生涯変わりません。いままでどおり、真琴さんのお兄さんは吉城さんだけです」

「そういうとこ……いやになるよなぁ……」

憎み切れないじゃん。

ぽつりと呟く真琴が地面に手をついて、空を見上げる。枝の隙間から青空がきらきらまぶしい。

「この木に登って、よく兄さんを心配させた。兄さんとふたりでたくさんのことをした。それでもいつかは兄さんもこの家を出ていくんだろうなって思っていて……」

「寂しい、ですよね」

真琴は答えない。だから海里も口を挟まなかった。

真琴は十七年間、兄の寵愛(ちょうあい)を受けてきたのだ。いきなり現れた自分とでは過ごしてきた時間の長さが違いすぎる。

恋に落ちるのはある日突然だ。海里も、鹿川も。

そうとは言っても、真琴の反発もわかる気がする。素性がよくわからない海里に最愛の兄を奪われることをなんとしてでも阻止したいと思っているなら、時間をかけてすこしずつ寄り添いたい。

真琴にやさしい言葉をかけてもらいたいとは思わない。これまでの生活が激変するのは誰だって怖いだろうから。

ずいぶんと自分も変化したものだ。鹿川と出会ったころは素っ気ない態度を貫いていたのに、彼の一途さにほだされて、いつしか失えないひとになっていた。

変わらないと思い込んでいたこころも変わっていくのだ。

さやさやと葉擦れの音が聞こえるだけの静かな空間。右から左に白い雲が流れてきている。

夏風が真琴の髪を揺らしていた。

さまざまなものが生きている。動こうとしている。精一杯根を張り、空に向かおうとしている。温かな地面に座り、真琴も青空に目を細める。

「絶対に、しあわせになってよね。じゃなきゃ許さない」

唐突に聞こえてきた声に振り向いた。

真琴が真っ赤な目をしている。

「僕の最愛の兄さんを奪ったうえに、僕をおじさん呼ばわりするんだから——死ぬほど、呆れるほどしあわせになりなよね。そうなるよう、しつこく監視するからね」

真琴なりの祝福の言葉に、海里は微笑み、「はい」と頷く。

「にしても、僕がおじさんぁ……」

肩を揺らす真琴に、海里は軽く肩を当てた。真琴は避けることなく、身を預けてきた。

「甥か姪自慢の若くて綺麗なおじさんになりますよ」

「……物心つくまで絶対名前で呼ばせる」

「わかりました。約束します」

それからふたり肩を寄せ合い、心配した鹿川が呼びに来るまで空を見つめていた。

真っ青な、夏空。

第九章

季節が移り変わるのはあっという間だ。

安定期に入ったころに身内だけで式を挙げ、翌年雪が降りしきる日に海里は男の子を無事に産んだ。東京でこれだけ雪が降る日もめずらしいと鹿川と笑い合い、元気な赤ん坊には「雪生（ゆきお）」と名づけた。

赤ん坊が生まれる前に、鹿川と新居に移り住むこともした。子どものことも考えてどこにしようとあれこれ頭を悩ませた結果、ファミリー層が住みやすく、治安もいい下町の新築マンションにした。間取りは３ＬＤＫ。周囲はスーパーや保育園、大小の公園、商店街も充実していて、散歩するだけでも楽しい街だ。

子どもを産んでバイトは辞めることになったが、雪生が保育園に預けられるようになったらなにか仕事をしてみたいなと考えている。施設職員の国家試験にもいずれは再挑戦したい。

雪生があまりにも可愛くて、あやしているとき、眠っているときの顔を見ているだけでも一日が一瞬で終わってしまう。

雪生に会いたいと鹿川の両親や元バイト先の同僚たちが代わる代わる顔を見せてくれて、口々に「おめでとう」と言い、「目元は鹿川さん似かな？」「くちびるは海里くんに似てる」と笑みを浮かべ、山のように贈り物をもらった。思わず噴き出してしまうほどにちっちゃな靴下や色とりどりのベビー服。

まだぽやぽやしているが髪は黒く、鹿川似だ。すっきりした目元も彼に似ているなと胸をときめかせる。鹿川も朝はぎりぎりまで雪生の相手をし、帰宅も早い。将来は父親の会社を継ぐことになっているのでどうしても取引先との会食が外せない夜もあるが、そんな日でもそうっと足を忍ばせてクーファンで眠る雪生の寝顔にじっと見入っていた。

新しい街、新しい生活、そして新しい家族。

忙しない日々ではあったが、一日一日が記念日のようだった。仔猫のような泣き声で呼んでくれていた雪生が、生後二か月を過ぎたあたりからクーイングを発し、表情にも変化がつくようになった。ベビースリングに入れて家事をこなしながら鼻歌を歌っているとふにゃっと笑うし、おむつやミルクが欲しいときは元気に泣く。そのうち、寝返りも打つようになって、ハイハイもして、摑まり立ちもして、と思ったらすべてを記録しておきたくて、日々スマホで雪生を撮り、仕事中の鹿川にも送ってやった。彼も同じことを考えていたようで、一眼レフカメラを買ってきて、時間があれば熱心に雪生と海里を撮り、「こんなに可愛いなんて奇跡だ」とデレデレだ。

男でも母になる。そんな日が自分に訪れるなんていまだすこし不思議ではあるが、雪生に授乳しているとき、確かに自分が産んだんだなとじわじわと喜びがこみ上げてくる。

とびっきりの変化を見せたのは、真琴だ。

両親と一緒にやってきた真琴は生まれて間もない雪生を見るなり夢中になったようで、ちょいちょいとやわらかなほっぺをつついたり、手遊びをしてくれたり、いないいないばあをしてくれたりし、しまいには、「おじちゃんだよー、おいでおいで」と抱っこまでして頬擦りしていた。

この変貌ぶりには皆が笑ってしまった。嬉しそうに雪生を抱く真琴が「写真、撮って撮って」とねだるので呆れるほど撮影し、「僕にも毎日この子の写真を送って」とリクエストされた。

「おじちゃんで、いいんですか？　真琴さんって呼ばせるんじゃなかったんですか」

雪生を大切そうに抱いている真琴にくすくす笑うと、「ま、いっかって感じ。兄さんそっくりの目をしたこの子ならおじちゃんって呼ばれてもいい」と相変わらずのブラコンぶりを披露してくれていた。

初めての甥っ子が可愛くてたまらないのだろう。時間があれば顔を見せる真琴に雪生の相手を任せ、その間に溜まった家事をこなしてしまうルーティンさえ出来上がった。

そして今日、海里は久しぶりに鹿川とふたりきりの夜を過ごしている。

『毎日この子の世話で忙しいんだし、僕たちが二日ぐらい預かるよ。新婚旅行代わりにどこか行ってきたら？』

そう提案してくれたのは真琴だ。六か月を過ぎようとしている雪生の面倒を見るのは大変じゃないだろうかと案じたが、幸い、雪生は真琴に一番懐いている。おむつを替えるのもミルクをやるのも上手になった真琴とその両親が「行っておいでよ」と言うならば、気分転換を兼ねてどこか近場の温泉にでも行こうかということになったのだ。

行き先は箱根。山間にある旅館まで鹿川の車で向かい、八月の鮮やかな陽射しに照らされる緑を楽しみながら旅館にチェックインした。かつて文豪も投宿していたというだけあって、館内はしっとりと落ち着いた隠れ家のようだった。あちこちに季節の花々の水彩画が飾られ、古きよき時代を思わせるビロードのソファにはゴブラン織りのクッション。垂れ下がるシャンデリアからはやわらかな光が届く。

部屋にいったん荷物を置いてからあたりを散歩し、真夏の夕暮れをふたりで歩いた。六時を過ぎていてもまだ明るい。緑の隙間から澄んだ空が見え、ほの赤く染まり始めていた。

「空気が綺麗だな」

「そうですね。僕らが住んでる街とはまたぜんぜん違います」

誰もいないからと鹿川が指を絡めてぶらぶらと揺らす。ふふっと笑って、海里も身体を擦り寄せる。背の高い青草が香しい。見上げれば、遠くに一番星が輝いていた。それを摑むように手を伸ばすと、鹿川も同じように手を空へとかざす。互いの左手の薬指にはまったリングがきらりと光を弾く。

顔を見合わせて笑い、甘いキスを交わしてゆっくりと宿へと帰ることにした。

豪勢な夕食を堪能しているとスマートフォンに真琴から雪生のあどけない寝顔の写真が届き、胸が温かくなる。丁寧に礼を返し、大浴場にも入った。

赤ん坊がいるとゆっくり浸かれない風呂も、今夜は特別だ。足を伸ばして指がふやけるまで風呂に浸かり、「いい湯でしたね」「ああ、のんびりできた」と言い合いながら部屋に戻ると、もう布団の用意がされていた。

ぴったりくっつけて敷かれた布団を見てじわっと頬が火照る。

賑（にぎ）やかな日常をつかの間離れて、しんと静まり返った空間でぎこちなくなる海里を、鹿川が背後からそっと抱き締めてくる。

「海里……ずっと欲しかった」

「……はい」

雪生が生まれる前後からほとんど身体を重ねていない。鹿川も気遣ってくれたのだろう。家で眠るときだって雪生を真ん中にしてクイーンサイズのベッドで川の字になって穏やかな夜を過ごしていた。

だが、今夜はふたりきり。

うなじにかかる髪をかき上げられ、ちゅ、ちゅ、とキスを繰り返してくる鹿川に身体を押しつける。もう、彼のそこは昂ぶっていた。そのことが嬉しくて、恥ずかしくて、彼の手を摑み、おずおずと自分の下肢に沿わせる。浴衣越しでも感じていることがわかるはずだ。

「僕も……もう、こんなになってます」

「お互い欲しい気持ちは同じだな」

崩れるように布団に倒れ込み、正面から鹿川が深いキスを仕掛けてきた。久しぶりに口腔内をねっとりと舌で探られて、「ん……」と声が甘く蕩ける。

とろりとした唾液がすこしずつ伝わってきて、そのたびこくんと喉を鳴らして海里も舌を擦り合わせる。腰裏が疼いてしょうがない。早く欲しいという気持ちと同じぐらい、時間をかけて愛してほしいという想いが胸にある。

東京を離れているのだし、今夜はすこしでも大胆になりたい。浴衣がめくれるのも構わず両足を鹿川の腰に絡みつけてすりっと擦る。

「嬉しいな、きみから誘ってくれるのは初めてだ」

「僕だって……あなたが欲しくてたまらなかった」

耳元で低く囁かれて、身体の奥がきゅうっと疼く。

「久しぶりだし……可愛がってくださいね」

呟いた途端、鹿川が眉根を寄せて深いため息をつく。

「俺は完全にきみの手のひらで踊ってしまうな。……そんなに煽ると嚙みついてしまうぞ」

「いい、です。今夜はすべてあなたのものにしてください」

そそのかすように横を向き、首をひねってうなじを晒す。先ほど幾度もくちづけられた場所だ。

「ここを、嚙んで」

「わかった」

うなじを嚙まれれば海里は鹿川の番となる。契約を果たすのだ。

「契約は生涯解除しない。ふたりを死が分かつまで、なんてことも言わない。俺ときみは永遠にともにある。それに、雪生も」

「……はい」

熱のこもった声にこくりと頷き、再びキスを繰り返す。

「ふ……ぁ……」

上顎をちろちろと舌先でくすぐられ、「ん、く」と甘ったるい声を漏らした。人差し指で喉を撫でられて伝ってくる唾液を飲み込み、夢中になって彼の背中にすがりついた。

鹿川には弱いところを知り尽くされている。舌がねろりと首筋を這い、浴衣の前をはだけられた。つうっと指が胸へと伝い、早くもふっくらと尖る乳首をねじり、根元からピンとそそり勃てる。雪生に授乳している間、乳首は真っ赤にふくらみ、丸っこくなった。敏感になったそこを鹿川もこよなく愛していて、ちゅうっと吸いつき、れろれろと口の中で転がす。

感度のいい尖りはすぐさま反応して、痛いほどにびりびりと快感が走り抜ける。

「あ、っ、あ、ん、や……っそこ……」

親指と人差し指でくりくりと弄られて身体中が蕩けそうだ。

鹿川に抱かれるまで知らなかった快感だ。下肢はすでに張り詰めていていまにも弾けてしまいそうだ。

いい、気持ちいい、とうわごとのように繰り返す。強弱をつけて嚙みまくられるけれど、すこしきつめなほうが断然気持ちいい。

鹿川の頭を両手で包み込み、引き寄せる。

「……もっと、して」

「おねだり上手だな」

くすっと笑った鹿川は前歯できゅっと乳首を嚙み締めたあと、べろりと舐め上げてくる。ぽってりと色づいたそこが自分で見ても淫靡だ。

熱い舌が腹へと落ちていく。臍のくぼみをちゅっと吸い、舌先をねじ込まれた。くすぐったく不可思議な感覚に身悶えると、がっしりと腰を捉えられて下着を剝がされる。勢いよく飛び出した性器に顔が真っ赤になってしまった。

なにも今夜が初めてというわけでもあるまいに。

「感じてくれて嬉しいよ。今夜は新婚初夜だものな」

「……ばか」

臍まで勃ち上がった性器に頰擦りする鹿川が根元から握り、亀頭をそうっと舐め回す。蜜がぷくんとふくらんだそこを舌先でつつかれ、びくりと背筋がしなる。一度堰(せき)を切るとあとからあとから愛蜜がたらたらとあふれ出し、淫らなほどに肉竿を濡らしてしまう。

にゅるにゅるとすべりがよくなったそこを鹿川はひと息に頬張り、最初から強く攻め立ててきた。やんわりと亀頭を食んだり、くびれを口輪で締めつけたり。浮き立った筋を舌先で丁寧に辿る愛撫に喘ぎがほとばしり、抑えられない。

「ん、っあ、あぁっ、よし、き、さ……っ」

結婚してからは、名前で呼び合うようになっていた。以前よりももっと深い仲になったようで、名前を口にするたび気恥ずかしくしあわせだ。

胸に広がる温かい想いは彼にも通じているのだろう。ぐちゅぐちゅといやらしい音を響かせて陰茎を舐り回し、きぃんと鋭い快感が走り抜けた瞬間、大きく身体が跳ね返った。

「は、っ、は、ぁ、っ、あ、っ」

またたく間に達してしまった。身体を重ねていなかったぶん欲望がぎりぎりまで募っているのだろう。一度達してもなお渦巻く情欲に煽られ、浴衣を乱れさせたままふらふらと海里は上体を起こし、身体の位置を変えて鹿川にのしかかる。

「……僕だって」

「ん？」

「僕だって、あなたを愛したい」

「海里が？」

「はい。うまくできるかわからないけど、精一杯しますから」

感に堪えないといったように深く息を吐いて、「無理はするなよ」と言う鹿川の浴衣をはだけ、下着を穿いていない下肢に視線を落とす。

雄々しく張ったそこは力強く脈打ち、肉筋も太く浮いている。

「下着、……穿いてなかったんですか」

「すぐさまきみを抱きたかったからな」

ばか、ともう一度呟いて、そろそろと太い雄に指を絡める。片手では握り締められないほどの大きさに目を潤ませ、ちゅっと先端に吸いついた。それだけでも相当の刺激なのだろう。呻く鹿川が海里の髪に指を差し込んでまさぐってくる。

ふーっ、ふーっと獣のような息遣いに興奮してくる。鹿川も発情しているのだ。先端の割れ目からとろとろとこぼれ落ちる先走りをすべて舐め取り、逞しい幹に舌を這わせていく。とても含み切れない大きさだが、できるだけ奉仕したい。

赤い舌がちらちらのぞくのがたまらないのか、鹿川が呻きながら身体をわずかに起こし、食い入るような目で海里の愛撫を見つめる。

「苦しく、ないか……?」

「ん、ん、だい、じょうぶ……んっ、ん、く」

口内でぐっとふくらみを増した太竿に喉奥を突かれて咳き込みそうだ。それすらも快楽に変わり、身体の奥底が炙られるようだ。

口いっぱいに鹿川を頬張り、じゅぽじゅぽと音を響かせて顔を前後させる。くびれからぐっとふくらむのでそこまでが限界だが、舌で舐り回したり、頬の内側に擦りつけたりと懸命に奉仕した。

「イ、きそうだ。海里、もういい、もういいから」

「だめ。このまま——イって」

「く……っ！」

そこから先は嵐のようだった。頭を鷲掴みにされた海里の口内で鹿川の肉茎がぐんと嵩を増し、強く揺さぶられる。息継ぎもうまくできなくて涙がこぼれた瞬間、どっと熱いしぶきが喉奥に放たれた。

どくどくっと生々しい感触を感じてうっとりとし、んく、と喉を鳴らしながら飲み込む。

白濁で汚れた口元を鹿川がわずかに焦った顔で拭ってくれた。

「すまない。飲んだのか？」

「ええ、だって……あなたのだし」

「そうだが……きみはときどき無茶をするな」

「あなただって同じです」

「そうだな」

互いにくすくすと笑い合い、湿った肌を重ねていく。

「俺のを舐めていた間に、こっちもひくついていたようだな」

「ん……っ」

騎乗位のまま尻の狭間に指が忍んでくる。風呂に入っている間こっそりと解しておいたから、やわらかくなっている。そこに鹿川が指をにゅくりと挿し込んできて、火照った肉洞をぐるりとかき回す。望んでいた充足感に、ああ、とため息をつき、海里は奔放に肢体を晒した。

「とろとろになっている。自分で弄ったのか？」

「すこし、だけ。僕も、あなたにすぐ抱かれたくて」

「海里が自分で触れているところを想像するだけでたまらなくなるよ」

その証拠に、もう鹿川は力を取り戻している。ちゅぷちゅぷと浅い場所を指で嬲られ、我慢できなくて自分から腰を落とすといいところを掠めていく。ざわりと背筋が震えるような愉悦に戦き、身をよじってせがんだ。

「ん、おねがい、も……う、欲しい……」

「もうすこし解したほうが」

「いやです、欲しい、欲しい――吉城さんが欲しいです」

切羽詰まった声を絞り出すと、ぐっと奥歯を噛み締めた鹿川が腰を掴んできて、「そのままゆっくり腰を落とすんだ」と命じてくる。やさしい彼の低い命令口調に自分でも呆れるほどぞくぞくしてしまう。

「ん……！」

ぐぐっと下から肉輪を広げて押し挿ってくる熱杭に声を失った。

太竿に串刺しにされたようで、ろくに声も出ない。熱い芯が身体の真ん中を貫き、すこし身動ぎしただけでも怖いぐらいの刺激が身体中に走る。

じっくりと時間をかけて最奥まで収めた鹿川が、「動くぞ」と囁く。

ん、と涙声で答えれば、ひと息に突き上げられた。

「あっ、あぁっ！　よしきさん、吉城さ……っん！」

尻たぶを揉みしだかれながら突きまくられ、声が止まらない。「あ、あ」と声を弾ませるたびに鹿川が押し挿ってきて最奥の潤みを突いてくる。気が狂いそうな快楽の波に放り出されて、鹿川の首にしっかりとしがみつくほかなかった。

こんなに気持ちいいセックスは初めてだ。溺れていくようで、気分は高揚していく。ずりゅっと抜かれて、また突き込まれる。肉襞はしっとりと潤い、鹿川に淫らに絡みつく。そのことが彼にも伝わるのだろう。顔を顰め、ぐっぐっと腰遣いを深くしてくる。

「そんなに――締めつけるな、海里。またイってしまうぞ」

「だって、だってあなたが……っあ……！」

狂おしいばかりに搾り込み、鹿川のすべてが欲しいと身体が訴える。内腿で彼の腰をしっかりと挟み込み、海里も身体を大きく揺らした。

繋がった部分から卑猥な音が聞こえ、耳たぶが燃えるように熱い。欲しい、欲しい、欲しい。

急いた気分で呟くと、ぐるりと身体の位置を変えた鹿川がうしろからのしかかってきて、

一気にうなじに歯を突き立ててきた。

「ア……――！」

ぎりぎりと歯が食い込む感覚に脳内で火花が弾け、視界がちかちかする。

鹿川は繰り返しうなじを噛む。歯形が残るほどに噛み、律動を速めていく。四肢がもうばらばらになりそうだ。全身が燃え上がるように熱く、意識していなくても鹿川を虜にしている。

「イっちゃう、イくっ、も、だめ、だめ、く――……！」

「海里……っ」

息を合わせて昇り詰めたとき、最奥で放埒な射精が始まった。どくりと濃い一滴が撃ち込まれる間にもうなじを噛まれ、捕食された気分だ。手足がこまかく震え、痺れている。強烈な快感は身体中に染み渡り、ろくに動けない。受け止め切れない残滓がじっとりと内腿にあふれ出していく。

「吉城、さん……すごかった……」

「ああ、俺もだ……こんなに飢えていたなんて」

痕が残ってしまったなと苦笑する鹿川がうなじに甘くくちづけてきた。それからもう一度海里を抱き直し、正面から覆い被さってくる。

まだ繋がったままだ。鹿川自身も力を失っていない。そのことに頬を染め、「……もう？」と訊くと、「まだまだ、だろう？」と余裕の笑みが返ってくる。

そうしてふたりはまた揺れ出す。濃密な快感の底は深い。
夜明けはまだ遠くにあった。大人の時間は、もうすこし続いていく。

終章

「あー、だぁ、あっ、あっ」

「ただいま雪生、いい子にしてたか？」

「あうー」

一泊二日の旅行を終えて日曜の夕方、鹿川宅に土産を持って向かうと、雪生を抱いた真琴が出迎えてくれた。

「いい子にしてたよなー、僕ともお風呂に入ったし」

「うー」

機嫌よさそうにふにゃふにゃ笑う雪生がちいちゃな両手を懸命に伸ばし、海里に抱っこをせがんでくる。水色のロンパース姿で手足をぱたぱたさせているのが可愛くて、思わず顔がほころんでしまう。

「雪生、ほんとにいい子だったよ。僕も寝かしつけがうまくなったし、ミルクもたくさん飲んでくれた」

「ありがとう真琴、世話をかけたな」

「骨休めはできた？　って訊くのも野暮か。ふたりともすっきりした顔してる」

揶揄されて、鹿川とともにふたりして笑ってしまった。

胸に顔を埋めてぐりぐりと押しつけてくる雪生がたまらなく愛おしい。すべすべの頬をついっと指でくすぐるときゃっきゃっと笑い声を上げ、ぎゅうっと海里のシャツを摑んでくる。

「ただいま雪生、パパはおまえに会えなくて寂しかったぞ」

鹿川も抱きたがったので雪生を渡すと頬擦りをする。

「あうー」

「ふふっ、パパだって。鼻の下伸ばしちゃって。兄さんほんとうに雪生に夢中だよね」

「雪生は世界一可愛い子だ。おまえもいつかわかるよ」

「いつか、ね。……うん、いつか」

はにかむように微笑んだ真琴が土産袋の中身をのぞき、「おまんじゅう？」と訊く。

「美味しいと評判の店で買ってきたんだ。父さんと母さんはいるか？」

「いるよ。皆で食べようよ。海里さんも一緒に。お茶淹れるからさ」

「はい、ぜひ」

ひとつも持っていなかったものを、鹿川が全部与えてくれた。

家族も、愛情も、温かな信頼も。そして命も。

アルファとオメガを繋ぐ運命を越えた先にある奇跡をこの手にした海里はやわらかく笑

み、鹿川とともに歩き出す。

爽やかな風が吹き抜ける中、皆であれこれ話し、笑い合いながら温かな灯(あか)りのともる家の中に入っていった。

あとがき

はじめまして、またはこんにちは。秀香穂里です。

オメガバをちょこちょこ書いているのですが、ツンデレな受けちゃんがどうしても書きたくてこの話にしてみました。

海里はひとりでも生きていける逞しさを持ち、料理も上手で……と考えたとき、攻めくんはどうかな？　と考えたとき、まったく逆のタイプがいいなと。なんの苦労もせず育ってきたけれどいいひとのよい鹿川はのっけから海里をひと目で気に入り、どうにか好きになってもらおうと苦心惨憺します（笑）。

個人的に好きな場面は、鹿川が海里の部屋の掃除をしまくっているところです。外からも内からも尽くし型の攻めくん、書いていいてとても楽しかったです。

海里の作る料理はほぼ和食。お恥ずかしながらわたし自身のレパートリーです。海里みたいに手際よく作ることはできませんが、食材をいろいろ確かめながら味つけをしていくのっておもしろいですよね。

そんな話を飾ってくださったのが、れの子様。香り立つような色香で、海里と鹿川を浮かび上がらせてくださいました。ちょっと生意気な感じの海里はもちろんのこと、これぞスパダリ！　という鹿川も、もうもう眼福です。いつかお仕事をご一緒できたらな……と願っていたので、今回ご一緒させていただけてとても嬉しかったです。お忙しい中ご尽力いただきましたことに深く感謝を申し上げます。ありがとうございます。

担当様、いつも打ち合わせより脱線話のほうが長くてすみません！　今後ともよろしくお願い申し上げます。

そして、この本を手に取ってくださった方へ。ほんとうにありがとうございました。あらためて、本はいい息抜きになるんだなとわたし自身最近実感しました。ドキドキする話、ぞくぞくする話、わくわくする話、ほっこりする話、どんな物語でも読んでいる一瞬はその世界に引き込まれてしまいますよね。本作がそうであればよいなとこころより願っております。

また、どこかで元気にお会いできますように。

秀香穂里

秀香穂里先生、れの子先生へのお便り、
本作品に関するご意見、ご感想などは
〒101 - 8405
東京都千代田区神田三崎町 2 - 18 - 11
二見書房　シャレード文庫
「溺愛アルファは運命の花嫁に夢中」係まで。

本作品は書き下ろしです

溺愛アルファは運命の花嫁に夢中

【著者】秀香穂里

【発行所】株式会社二見書房
東京都千代田区神田三崎町 2 - 18 - 11
電話　03(3515)2311［営業］
　　　03(3515)2314［編集］
振替　00170 - 4 - 2639
【印刷】株式会社 堀内印刷所
【製本】株式会社 村上製本所

落丁・乱丁本はお取り替えいたします。
定価は、カバーに表示してあります。

ISBN978-4-576-20109-2

https://charade.futami.co.jp/